DANIEL DUBOURG

AF142737

UN DOIGT
DE
CASSOULET

BoD

À Mariette
ma coiffeuse,
qui n'a pas la langue dans sa poche,
aucun cheveu sur la langue
ni ne coupe ceux-ci en quatre.

Chapitre 1
Amilcar

En deux mots, il se nomme Amilcar Paganini. Depuis plus de trente ans qu'il est sur terre, il s'est fait une raison et s'est habitué à son originale et surprenante appellation.

Les autres aussi. Mais lui, il retrouve sans cesse ces deux vocables inscrits en permanence en une foule d'endroits : sur sa porte d'entrée, sa boîte aux lettres, son courrier, sa carte d'identité, son permis de conduire, sa carte Vitale, sans compter une légion de documents administratifs de tous poils. Quand il signe un contrat, un récépissé, il surprend presque à chaque fois une expression d'étonnement sur le visage de son interlocuteur, qui semble dire : « Ce n'est pas possible, comment faites-vous pour supporter un nom pareil ? » Et puis, il en a rempli, des formulaires, des questionnaires, des étiquettes, des premières pages de cahiers d'école, des curriculums vitae !

L'originalité de son patronyme lui a parfois valu quelques déconvenues. Il a connu les quolibets, les moqueries dans son dos. Il n'y avait pas forcément de méchanceté dans l'intention, mais un simple désir d'amusement, une envie de rire qui vous prend sans prévenir, à cause de la rareté et de la consonance des mots. Amilcar Paganini, pensez donc ! Cela vaut bien Népomucène Courtebache ou Orson Tugu-lo !

Amilcar le Carthaginois vous entraîne à l'époque des grandes conquêtes menées par Alexandre le Grand, Attila, Asdrubal, Assurba-nipal, Pyrrhus, César et Hannibal dont il est le père. L'homme s'est vite fait à son nom de famille, qu'il a appris à aimer. Il valait mieux ! Et si Paganini sonnait un peu comme « pagaille », si « nini » tenait de la répétition maladroite, il a appris d'un instituteur at-tentionné qu'il portait le nom d'un illustre compositeur, violoniste talentueux, référence qui ne manquait pas de susciter une certaine admiration et d'imposer en même temps un minimum de respect.

Ainsi, Amilcar Paganini a-t-il rapidement compris qu'il pouvait tenter de se protéger des moqueries en se valorisant par son nom et son prénom, en suscitant au moins une certaine curiosité. Ne s'appelait pas Paganini qui le voulait, et Amilcar non plus. Quelques amis, adeptes de jeux de mots, lui avaient parfois suggéré de se nommer Enpanne ou Danlfossé, ce qui l'avait bien amusé, car il n'était guère susceptible, heureusement.

Célibataire en voie d'endurcissement, le jeune homme coulait des jours sans heurts et sans histoires. Après des études techniques satisfaisantes, il devint rapidement magasinier principal dans une grosse entreprise de vente de pièces détachées pour véhicules de toutes marques, évoluant tout de suite comme un poisson dans l'eau, sillonnant un vaste entrepôt dont il avait vite appris à connaître les moindres recoins, sachant localiser à la seconde et au mètre près l'emplacement de toutes les pièces, de la plus courante à la plus rarement demandée.

Manquait-il d'ambition ? Peut-être. Se sentait-il heureux dans une situation confortable et singulière sans imprévu ni improvisation ? Sans doute.

Notre homme avait bien tenté quelques expéditions lointaines et périlleuses, en participant à des voyages organisés. Mais il avait vite senti que l'air du large, les grands espaces, les paysages majestueux et l'histoire de l'humanité ne sauraient être sa tasse de thé, du moins en s'expatriant. Casanier, il préférait mener des explorations, depuis son canapé, à grands coups de cassettes vidéo. Le voyage en fauteuil, quoi ! Et Amilcar n'envisageait aucun bouleversement au cours des lustres à venir, puisque la vie au jour le jour était devenue sa philosophie. Pas d'inquiétude métaphysique, pas d'enthousiasme exacerbé. Cet art de vivre échappant à toute question existentielle lui avait forgé un mental du tonnerre lui donnant entière satisfaction. Selon lui, il suffisait de n'avoir aucune exigence ni aucune attente pour que la vie déroule son ruban, toujours en équilibre entre meilleur et pire. Rien ne pourrait donc jamais lui arriver…

À vivre ainsi, le jeune magasinier installé dans la trentaine s'était engoncé peu à peu dans une routine sclérosante ne laissant la place à rien d'original et d'imprévu, situation dont il s'accommodait, mais qui ne manquait pas de se peupler de manies insidieuses.

Chapitre 2
Envie gastronomique

Parmi les habitudes solidement ancrées, il en était une, remarquable, née d'un souvenir culinaire gravé en sa mémoire depuis la prime enfance, et ressurgi récemment.

Un beau jour, Amilcar s'était en effet redécouvert un véritable amour pour le cassoulet. Il se rappela ceux que sa mère mijotait et qui régalaient toute la famille. L'odeur lui en était montée aussitôt aux narines et ne l'avait plus lâché, au point d'en devenir une-obsession. Il se mit donc en quête de restaurants proches dont cette spécialité trônait sur la carte. Mais dans son département éloigné du Sud-ouest, c'était un peu comme chercher une aiguille dans une botte de foin !

Il abandonna cette piste d'autant plus vite

que la perspective d'une addition pimentée se dessinait, au vu des tarifs affichés dans de rares établissements de la grande ville. Et comme notre gourmet, qui tournait en économie fermée était plutôt constipé du portefeuille…

Finalement, au terme de longues hésitations, toujours avide de déguster sa « madeleine de Proust », qui lui faisait tirer la langue et baver jusque dans ses rêves, il se résolut à faire l'acquisition d'une boîte de cassoulet, mais pas de n'importe laquelle.

Patiemment, il parcourut les étagères de plusieurs magasins, avant d'arrêter son choix. L'événement était d'importance et la réussite devait en être à la mesure. La décision fut donc prise, après des vérifications minutieuses et draconiennes concernant la qualité du produit, sa provenance et l'assurance qu'il s'agissait bien d'une appellation d'origine protégée.

Un soir, Amilcar rentra donc chez lui, excité, porteur d'une boîte de conserve achetée dans une épicerie bio, et dont l'étiquette laissait à penser qu'elle contenait le meilleur cassoulet du monde, celui qui allait à coup sûr avoir le parfum et la saveur du plat maternel d'autrefois. Pour l'occasion, lui qui ne prenait aucun alcool, s'était risqué à faire une entorse en achetant un Minervois de derrière les fagots.

Bombance et griserie en perspective. Et pour donner définitivement dans l'excès et la folie extraordinaire, il avait craqué devant une énorme part de tiramisu que lui proposait la belle pâtissière du coin de la rue.

Mieux ! Il avait poussé l'audace à se rendre en centre-ville chez un disquaire pour y faire l'acquisition d'un CD de Niccolo Paganini, incluant des extraits de ses œuvres les plus célèbres. Un cassoulet onctueux arrosé d'un vin délicat, suivi de deux délices italiens ! Pouvait-on rêver mieux ?

Toute la semaine, tendu vers l'organisation de sa soirée qui promettait d'être délirante et mémorable, Amilcar avait hésité à inviter deux de ses collègues préférés ; y penser avait constitué une prouesse pour ce solitaire et timide célibataire peu habitué au partage. Il fallait donner du lustre, de l'éclat à l'événement, donc le célébrer en compagnie. Sandro Mader et Proserpine Heuppe en étaient une fort agréable, justement. Mais recevoir imposait de mettre les petits plats dans les grands, en semblable occasion, de ranger l'appartement, de vérifier que la vaissellerie serait convenable, de dresser le couvert avec une note artistique et enfin, d'agrémenter peut-être le décor d'un élégant bouquet de fleurs. Autant dire, penser, organiser, se donner du travail et faire des frais. C'en était trop pour le pantouflard qu'il était.

Longtemps il avait retardé sa décision jusqu'à la veille de la soirée même, au risque d'essuyer un refus poli pour indisponibilité. C'est précisément ce jour-là qu'il se résolut à festoyer seul, sans le moindre regret.

La nuit précédente, il s'était éveillé en sursaut, essoufflé et en sueur, en raison d'un cauchemar. Une certaine Proserpine lui avait couru aux trousses, comme une furie endiablée : il tentait de se sauver, de prendre ses jambes à son cou, mais ses pieds étaient englués dans l'asphalte visqueux du trottoir ! La gorgone gagnait du terrain, poussait des cris rauques, allait se jeter sur lui, l'agrippait par-derrière, plantait ses longs ongles noirs dans son cou, labourait ses omoplates. Elle se collait à son dos et ne le lâchait plus ! Et tout autour, personne ! Pas âme qui vive pour lui porter secours, appeler la police. C'était la nuit noire, épaisse, lourde et silencieuse.

Il franchit, le lendemain matin, la porte de son entreprise, en saluant à peine la jeune hôtesse d'accueil, belle et fraîche comme une rose, d'un regard oblique témoignant encore de son épouvante de la nuit passée. Et il pensa alors que les rêves recelaient bien des mystères révélant peut-être des pans entiers de la personnalité profonde des humains. Mademoiselle Heuppe était-elle à la fois et à son insu, un être diabolique et cette douce créature qui siégeait derrière le comptoir ? Il le soupçonna soudain, au sourire qu'elle lui décocha et au doux bonjour qu'elle murmura, en battant des paupières. Si la jeune fille plaisait bien à Amilcar, qui n'était pas vilain garçon, ce ne fut pas une raison suffisante pour l'inviter. Il se trouva des arguments pour se justifier. Pour une première soirée, surtout en tête à tête, un cassoulet n'était vraiment pas convenable. Ensuite un tel mets, trop régional et porteur de flatulences, risquait de déplaire. Et surtout, il faudrait se montrer disert, entretenir la conversation, capacité dont il se sentait fort dépourvu. Enfin, l'invitation de la belle hôtesse à son domicile, en soirée, ne risquait-elle pas d'être vue comme une démarche particulière offrant plusieurs interprétations ? Et l'élément décisif et rédhibitoire fut son prénom : Proserpine. Proserpine Heuppe…

Le magasinier passa une journée fébrile. Il avait tant fantasmé l'événement qu'il ne cessa de penser à la soirée d'agape qu'il s'était concoctée. Il dut se concentrer et s'efforcer sans cesse de vérifier son travail plus que de coutume, car son esprit partait en voyage vers sa cuisine où il se voyait, comme dédoublé, en train d'effectuer en détail les préparatifs. Aussi, se sentit-il délivré, pour la première fois de sa carrière, quand retentit dans l'immense hangar la sonnerie indiquant la fermeture de l'entrepôt. Il sauta dans sa voiture, une petite Japonaise vieillissante, mais toujours alerte, et se dirigea vers la pâtisserie où l'attendait un tiramisu inconnu que lui confia la vendeuse aux cheveux blonds ondulés comme l'or de ses tartelettes à la mirabelle et à la peau hâlée comme ses éclairs au café. Quittant la boutique, il se dit soudain qu'il aurait peut-être dû avoir le courage de la convier, elle aussi, à sa soirée « cassoulet ». Mais, présentée de façon aussi abrupte, l'invitation aurait paru saugrenue, voire déplacée. Et puis, convier une inconnue à un repas en tête à tête, à brûle-pourpoint, fût-elle pâtissière et jolie était, de toute façon, au-dessus de ses forces, en raison de sa timidité maladive.

Il ne restait plus rien à acheter en quittant le travail, si bien qu'il rentra chez lui plus vite qu'à l'accoutumée. Ah si ! il lui faudrait des fleurs. Voyons, lesquelles ? Sa chère maman adorait les glaïeuls. Allons pour des glaïeuls ! Il en cueillit encore rapidement un bouquet chez le fleuriste du coin, petit bonhomme tout rond, un rien bourru, garni d'une moustache en forme de guidon de vélo rappelant les glorieux pionniers des premiers tours de France.

Chapitre 3
Les préparatifs

Arrivé chez lui, il disposa élégamment, pensa-t-il, les six glaïeuls dans un seau à champagne trop large où les fleurs donnèrent l'impression d'un feu d'artifice mal fagoté et tristounet.

D'abord, préparer la table. Il fallait que cela fût somptueux, ait de la classe. Notre gourmet d'un soir dénicha au fond d'un tiroir un set en lanières de bambou sur lequel vinrent prendre place une assiette de grès rustique flammée, un verre à vin, seul rescapé d'un service offert par une tante aujourd'hui disparue, auxquels tenait compagnie une serviette de table ouvragée aux motifs basques. Il trouva l'association entre Pays Basque et cassoulet fort convenable et parfaitement justifiée. Un peu plus loin, un tire-bouchon tourmenté né d'un sarment de vigne attendait patiemment de remplir son office.

Amilcar avait passé un tablier de cuisine,

afin de ne pas projeter sur lui la moindre goutte de sauce.

La bouteille de Minervois finit de camper le décor, juste à côté du vase qui semblait lui faire concurrence. Le dessert attendait tranquillement, au frais dans le réfrigérateur. Son heure viendrait plus tard.

Pour une fois, les préparatifs culinaires allaient se dérouler en musique. Le jeune homme tira de sa pochette le CD de Paganini pressé par la *Deutsche Grammophon* et l'introduisit dans le lecteur du salon. Il avait un peu poussé le son et attendu les toutes premières notes d'un morceau composé par le virtuose. Il resta un moment agréablement étonné de découvrir cette musique que son oreille n'avait jamais côtoyée, lui qui était bien plus familier du disco et des Pink Floyd. Mais enfin, un jour de cérémonie commémorative valait bien cela. Et c'est tout frétillant, qu'il se rendit en cuisine, heureux de jouer le marmiton proposant sur sa carte ce qu'il espérait être un délicieux cassoulet des familles, comme seule sa mère savait le préparer.

Amilcar n'avait lésiné ni sur la qualité ni sur le prix. Il avait choisi le plus cher et, sans aucun doute, le meilleur, à en juger par la composition inscrite en détail sur l'étiquette jaune recouvrant la boîte. De plus, tous les ingrédients étaient issus de la filière bio !

L'instant solennel était imminent. Le jeune homme rapporta sur le plan de travail la fameuse boîte qu'il fit tourner longuement entre ses doigts, comme la boule d'une diseuse de bonne aventure, pour en palper le précieux contenu à travers le métal. Il savait de mémoire que le mets ne développerait son arôme qu'en le réchauffant lentement dans la casserole. Il mit le gaz à petit feu et s'empara de l'ouvre-boîte avec une lenteur et une précision de gestes presque solennelles, dignes d'un chirurgien au bloc opératoire. Lentement, il le positionna au sommet de la boîte et le pinça avant d'entamer le découpage du couvercle. Avec précaution, il tourna lentement la molette et la lame circulaire fendit le métal et fit lentement tourner la boîte sur le plan de travail. Il s'amusa du manège. Dans le séjour, la mélodie du violon avait des accents de douceur enivrante. C'était un sacré virtuose, que ce Paganini ! Et les glaïeuls eux-mêmes devaient être charmés d'être ainsi bercés de musique.

L'ouvre-boîte avait fait un tour complet, libérant ainsi le couvercle métallique du récipient. À l'aide d'une fourchette, Amilcar guida le contenu dans la casserole où il avait pris la précaution de verser deux fois rien d'eau frémissante. La lenteur était de rigueur, car il fallait absolument que les divers composants de ce fameux cassoulet demeurent présentables, même pour un repas festif en solitaire. Donc pas question d'éventrer à l'aveuglette la moindre saucisse, d'écorcher la plus petite cuisse, et encore moins de transpercer le plus discret haricot. Notre cuisinier d'un soir parcourut à nouveau les conseils de préparation figurant sur le bandeau de papier ; non qu'il les ait oubliés, mais surtout afin d'éviter la moindre erreur susceptible de rendre la spécialité immangeable. Il ne fallait pas gâcher le festin.

Chapitre 4
La découverte

Un dernier coup de fourchette permit à une petite grappe de haricots récalcitrants, agglomérés et figés par la graisse de canard, de chuter en douceur dans la casserole. Il ne restait plus présent qu'à faire lentement réchauffer le tout. Notre ami salivait, se léchait déjà les babines et s'apprêtait à laisser frémir ses narines dans l'attente imminente de la grisante odeur du cassoulet qui semblait lui revenir peu à peu comme un précieux souvenir d'enfance. Il eut un léger sursaut, bien plus léger que celui qui s'ensuivit et qui le fit littéralement reculer, lorsqu'il vit surgir de la boîte une saucisse d'une drôle d'allure. Déjà elle ne ressemblait guère à ses voisines de boîte : plus courte, moins volumineuse, plus fine et enfin, d'une tout autre couleur. Notre ami s'approcha avec méfiance. Là, juste à côté de la plaque à induction, venait de chuter quelque chose qui ressemblait fort à un doigt ! Il n'avait pas rêvé. Pour mieux s'en assurer, il se pencha et observa l'intrus, cœur battant, sans oser le toucher.

À l'effarement succéda la panique. Alors que le violoniste du CD avait entamé un passage sublime à vous fendre l'âme, Amilcar, désemparé, se mit à arpenter son petit appartement, tel un soldat arpentant nerveusement l'entrée de sa caserne. Il allait et venait, comme s'il cherchait une sortie qu'il ne trouvait pas, évitant surtout de regarder le nouvel arrivant, comme pour en nier la présence. Et pas question, bien entendu, de s'en approcher, de vérifier qu'il n'avait pas eu la berlue !

Pour le coup, le somptueux repas avait du plomb dans l'aile. Finie la dégustation à petits coups de fourchette, finis les mâchonnements au ralenti ponctués de soupirs d'aise, finis enfin les petits claquements de langue satisfaits. On ne sortirait pas non plus ces délicieux fromages qui n'attendaient que de développer leur arôme, pas plus qu'on ne déboucherait la bouteille de Minervois piaffant du bouchon, impatiente de réjouir les papilles. Quant au tiramisu, il pourrait bien s'égosiller au fond de son petit carton. Rien n'y ferait ! Le désir gastronomique du pauvre Amilcar venait de tomber subitement à plat.

Une bonne demi-heure de va-et-vient domestique ne suffit pas à calmer notre dégustateur déçu. L'agitation était à son comble et notre homme commençait peu à peu à se gratter la tête dans le but de faire émerger une quelconque idée intéressante qui lui permettrait enfin de savoir comment agir. Les suggestions ne venant pas, il repartit pour quelques hectomètres supplémentaires couverts à grands pas. Il se dirigea ensuite, l'air agressif, vers son lecteur de CD auquel il coupa le sifflet d'une pression nerveuse de l'index sur le bouton. Le virtuose à l'archet la boucla immédiatement ou, plutôt, son violon qui fut envoyé dans les cordes. Mais, après une demi-douzaine d'allers-re-tours dans le silence, Amilcar se ravisa et ralluma l'appareil, car le silence lui était trop pesant.

Pendant tout ce temps, le jeune homme avait soigneusement évité de jeter le moindre regard sur la chose étrange qui venait récemment de bondir sur son plan de travail et sans doute de bouleverser à jamais le cours de son existence. Il se disait aussi qu'il avait peut-être été l'objet, pour ne pas dire la victime, d'une grosse farce surréaliste surgie tout droit d'un cauchemar en tenue de soirée. Tout s'emmêlait dans sa pauvre tête. Après tout, le doigt sauteur était une saucisse comme les autres et il avait mal vu ! Lentement, il se fit à l'idée que toute cette affaire n'était qu'une mauvaise farce, terme culinaire qui lui déplut fortement sur l'instant. Il lui fallait trouver le courage d'affronter la scène et tout rentrerait dans l'ordre. Alors, la soirée resterait placée sous le signe d'une déconvenue qui pourrait être vite oubliée, cependant. Et chaque chose reprendrait lentement sa place comme dans un scénario bien réglé, allez !

Fort de cette pensée positive qu'il souhaitait efficace, il se résolut à jeter un œil vers les lieux de l'incident, avec un enthousiasme péniblement puisé au fond de lui-même. Lentement, il leva la tête. L'objet de ses soucis n'apparaissant pas nettement à travers ses verres de lunettes passablement embués, il nettoya ces derniers puis s'approcha. Comme il reposait la monture sur le nez, un léger mouvement de la chose le fit tressaillir. C'était si inattendu qu'il recula et faillit en tomber sur le derrière. Pas de doute, ça bougeait ! Cette fois, le verdict était sans appel : il s'agissait bien de l'une de ces terminaisons que l'on trouve habituellement au nombre de cinq et qui équipent la main.

C'en était trop ! La panique était à son comble. Amilcar, désemparé, reprit sa navette, malgré son souffle qui se faisait court et son cœur qui commençait à battre la chamade. Rapidement, il éteignit les lumières et s'engouffra dans sa chambre en refermant sèchement la porte. Surtout, ne plus penser à cette intrusion abominable, effacer immédiatement et à jamais cette scène de sa mémoire. Et puis, dormir, dormir et encore dormir pour oublier. Peut-être qu'à son réveil la scène, mirage du Sud-ouest, se serait évanouie…

Amilcar se coucha rapidement et s'enfouit sous les couvertures qu'il rabattit sur sa tête, comme s'il craignait que l'intrusion du doigt ne déclenche une série de drames plus ou moins sonores, car il pensait se trouver au cœur d'un événement fantasmagorique précurseur d'autres, bien plus redoutables : invasion soudaine, pernicieuse et lente de son appartement par d'obscures forces invisibles, irruption d'étranges aventuriers de l'espace curieux de savoir comment se comporte un célibataire amoureux de cassoulet, dans le quotidien, ou encore déferlement soudain de légions digitales cuirassées ! Les bruits, ce pourrait être une soucoupe spatiale atterrissant dans la rue, la sonnerie retentissant en pleine nuit pour saisir l'habitant à froid et, pourquoi non, l'emporter pour le conduire à perpette, au-delà des trous noirs, de quoi donner le frisson rien que d'en parler ! Et pourquoi le fameux doigt ne serait-il pas doté de pouvoirs paranormaux lui conférant la possibilité de lire dans les pensées, dans les tiroirs et les calepins, de parcourir les extraits de compte ? Pourquoi ne saurait-il donc pas ouvrir des fermetures par simple télékinésie ? Démoniaque ! Enfin, notre homme s'imagina avec effroi que son insolite envahisseur avait la faculté de se déplacer avec aisance et rapidité. Peut-être qu'il allait ouvrir la porte de la chambre, sauter sur la clenche en exerçant une forte pression, car à n'en pas douter, il était doté d'une puissance impressionnante.

Amilcar de plus en plus perturbé ne cessa de s'agiter sous les draps. Il avait beau tenter de lutter contre son angoisse, rien n'y faisait. Il ne cessait d'imaginer le pire et le petit cinéma qui tournait dans sa tête prit des allures de film d'horreur. Toujours un craquement, un frôlement, un bruissement…

Fatigué, les traits tirés, le visage décomposé, notre homme jeta un œil sur son radio-réveil à cristaux liquides qui lui avoua paisiblement que le temps ne passait décidément pas assez vite et que, par conséquent, la nuit de la peur, qui s'annonçait s'avérait interminable.

Pensez donc ! Il n'était pas encore vingt et une heures…

Amilcar décida alors de prendre à deux mains le peu de courage qu'il lui restait pour se raisonner, maîtriser ses émotions et entamer un brin de réflexion. Péniblement, il parvint à élaborer de timides stratégies. Bien entendu, il faudrait ensuite choisir. Dans le désordre, il envisagea d'appeler les secours : police, pompiers, Sécurité civile ; mais il se souvint qu'il avait égaré son annuaire ou qu'il avait tout simplement oublié d'aller le chercher au bureau de Poste. Y aller dans le noir et à quatre pattes, tout en restant silencieux pour passer inaperçu ne lui paraissait guère jouable. Il pourrait bien aussi se rhabiller, ouvrir la fenêtre et sonner chez des voisins pour exposer son incroyable situation. Mais qui solliciter, à qui se confier à cette heure-là ? Il n'y avait pas un chat, pas un rat même dans les rues, et les gens étaient retranchés dans leur salon, vissés à leur canapé et en train de déguster une émission télévisée. Et puis, il allait l'oublier ! Il habitait le deuxième…

Pendant un long moment, notre homme, retranché, tourna et retourna quelques possibilités dans sa pauvre tête. L'émotion, trop forte, l'avait épuisé. Et sans même se dire qu'il verrait

bien demain, comme un héros terrassé, il s'endormit.

Chapitre 5
L'approche

La nuit a été agitée et entrecoupée de brèves séances cauchemardesques où il est entré dans les écuries d'Augias afin de poursuivre le travail d'Hercule. Des montagnes de boîtes arrivaient et s'ouvraient ; déversant des milliers de doigts qu'il lui fallait sans cesse ramasser, rassembler, entasser... Jamais notre homme ne s'est senti le courage de se lever parce que, dès qu'il ouvrait un œil, l'épuisement le plaquait sur son oreiller.

Au petit matin, il se lève comme à l'accoutumée, mais plus tôt. Il a peu dormi et se sent brumeux. Pourtant il ne lui faut guère de temps pour que la dure réalité l'assaille.

Il ne peut tout de même pas rester cloîtré dans sa chambre, sinon il va devenir fou. Il faut qu'il se lève, qu'il ouvre la porte et entre dans la cuisine, au moins pour se rendre à l'évidence et constater qu'il n'a pas été victime d'une illusion.

Il s'arme de courage, se compose en quelques secondes une stature de guerrier et, tendu, le torse bombé et le regard haut, il quitte son lit, se lève et marche d'un pas ferme en direction de la porte dont il saisit la clenche qu'il actionne fermement.

Non, mais ! Si ce n'est pas une hallucination, ce n'est tout de même pas un petit doigt de rien du tout sorti d'une boîte de conserve, qui va l'intimider ! On va voir ce qu'on va voir. La garde meurt, mais ne se rend pas. Et s'il est le seul à constituer la garde, ça ne changera rien.

À peine a-t-il parcouru quelques mètres que sa belle détermination s'effrite. Comme quoi il ne suffit pas d'être résolu ; encore faut-il avoir l'aptitude à tenir la distance. C'est sans doute ce qu'il pense en s'avançant lentement vers le plan de travail, le mollet tremblotant et le regard inquiet. Il fronce les sourcils et cligne nerveusement des paupières. Il se raidit, soudain tétanisé, lorsqu'il embrasse la scène. Le soleil du petit matin qui jette un timide rayon dans la cuisine éclaire celle-ci d'un réalisme surprenant venant accentuer les contours de chaque objet. C'est une vraie nature morte. Tout est là, comme hier soir. Il n'y a pas eu de mirage. Rien n'a bougé de ce tableau figé dans la graisse de canard. Amilcar se verrait bien l'effacer d'un geste de la main, d'un coup de pinceau dans l'air, d'un coup de fourchette magique. Il faut faire vite et surtout, ne pas se laisser assaillir par ses émotions. Il va y aller doucement, tel le chasseur rusé et expert, aux gestes lents et calculés, prêt à bondir sur sa proie au dernier moment. Il va décocher la flèche qui tue, exactement, en un bond, fondre sur l'adversaire qui ne s'y attend pas, le saisir fermement le jeter avec la boîte de conserve, au fond de la poubelle, dont il va rabattre le couvercle sur lequel il posera un objet lourd (il ignore encore lequel, genre caisse à outils), suffisamment pesant pour qu'aucune force maligne ne puisse l'entrebâiller. Vite, il nettoiera le plan de travail, videra le plat de son maudit contenu par-dessus l'objet du délit, de façon à bien l'étouffer. Puis il mettra au lave-vaisselle tous les objets impliqués dans l'affaire. Après quoi, un coup d'éponge effacera les dernières traces de cette sinistre scène ; la table sera défaite, la bouteille de vin rangée. Et pour aller jusqu'à l'effacement complet de l'événement, il se pourrait bien que le fameux CD de la *Deutsche Grammmophon* achève sa vie brisé, et que le tiramisu soit servi en dessert aux oiseaux, sur le rebord d'une fenêtre.

Pour le moment, le regard de notre guerrier vient se fixer sur le doigt. Il n'y a pas à dire, ce n'est pas une saucisse, ou alors, on en fabrique depuis peu, qui ont de bizarres apparences ! Du reste, si quelques rides de la peau pouvaient porter à confusion et troubler l'observateur le plus avisé, la présence de l'ongle indique que celle-ci est impossible.

Amilcar s'avance à pas feutrés, avec une étonnante retenue des mouvements, posant délicatement les pieds sur leur pointe, un peu comme une ballerine étrange aux mouvements ralentis. Sans doute espère-t-il ainsi ne pas éveiller l'attention du nouvel arrivant qui, pourquoi pas, serait en train de dormir, à moins qu'il ne se montre discret, à moins qu'il ne fasse semblant de ne pas avoir relevé la présence de cet homme tout proche, ce qui serait, avouons-le, une ruse de premier ordre visant à endormir l'adversaire.

Maintenant, Amilcar est là. Sans quitter son étrange visiteur du regard, pour surveiller le moindre de ses mouvements, il avance une main pour tenter de saisir subrepticement la cuiller ornée de petits restes d'aliments séchés. Il veut sans doute tenter d'assommer l'intrus avant de le précipiter dans sa dernière demeure, son tombeau, la poubelle.

Mais le doigt vient de bouger. Oh ! Pas grand-chose, un simple tressaillement ! Surpris, l'assaillant recule et se crispe. Il va falloir trouver autre chose, prendre le segment par surprise, faire diversion, comme si l'autre n'était pas là. Ne pas s'occuper de lui. C'est sans doute la meilleure stratégie à adopter.

Il se donne donc un air décontracté et, au lieu d'attaquer de front, arpente la petite pièce, léger, presque aérien, en chantonnant. Pour s'assurer que sa tactique est infaillible, il prolonge la scène et en rajoute. Pendant ce temps-là, le doigt observe paisiblement ses va-et-vient, tout en se demandant quand il va bien cesser son manège.

Amilcar pense maintenant que sa mise en scène a porté ses fruits. D'un air toujours aussi détaché, il vient se coller au plan de travail, saisit d'une main la cuiller, et de l'autre, la boîte de conserve. Pour la première, direction le lave-vaisselle et pour la seconde, la poubelle. Maintenant, il s'apprête à prendre le torchon de vaisselle tout proche pour saisir ce maudit doigt et l'étouffer méthodiquement avant de le précipiter dans sa sépulture. S'il avait su qu'un jour, il devrait étouffer un doigt !

Donc, il s'approche, bien décidé à en finir avec ce cauchemar. Le doigt semble assoupi, inattentif, la tête ailleurs. Avec des gestes d'une lenteur calculée, Amilcar, feignant toujours l'indifférence et se donnant un air absent, a rapproché ses mains pour saisir sa proie immobile. L'étau se resserre lentement et notre homme, trop heureux de sa réussite, retient son souffle autant que sa joie. Le torchon vient de se déployer comme un parachute au-dessus de l'intrus. C'est le moment précis que ce dernier choisit pour bondir prestement en arrière, se plaçant ainsi hors d'atteinte. C'est raté ! Et notre prédateur déçu commence à s'énerver, lâchant d'abord le tissu, puis tentant avec précipitation de saisir sa victime, en avançant ses mains vers elle par des gestes désordonnés. À chaque fois, le doigt esquive et bondit de la distance nécessaire pour se placer hors de portée. Et quand il sent qu'il risque d'être acculé dans un angle ou de tomber sur le carrelage de la cuisine, il saute plus haut et plus loin, avec une énergie décuplée.

Amilcar comprend vite que sa tentative de capture est vouée à l'échec. Ce segment-là est décidément bien trop agile et malicieux. Notre homme va s'asseoir à table et le considère longuement. Bien vite, il se rend compte qu'aucun moyen de capture n'existe, car son adversaire est bien trop imprévisible.

— Bonjour !

Une petite voix timide s'échappe du plan de travail. Amilcar lève la tête. Il n'est pas sûr d'avoir bien entendu. Quelqu'un aurait-il parlé ? Pas lui, en tout cas ! Et puis, il est seul dans cet appartement.

— Bonjour ! reprend la petite voix.

Cette fois, aucun doute. Quelqu'un parle, et ce quelqu'un se trouve bien devant lui, sur le plan de travail !

— Ne cherche pas ! C'est moi qui viens de te dire bonjour. Tu pourrais au moins me répondre ! Oui, je sais ! Tu es fatigué, fâché, énervé et troublé à la fois. Je te comprends. Tout cela en si peu de temps, alors que tu pensais jouir d'un magnifique repas. Il y a vraiment de quoi être désemparé. J'ai bien compris aussi que tu souhaites te débarrasser de moi. Un doigt, c'est bien gênant, surtout quand il ne fait pas partie de toi et qu'il arrive là, comme un cheveu sur la soupe ! Enfin, l'expression n'est peut-être pas appropriée en l'occurrence. Sache que je ne t'en veux pas. Tu as l'air plutôt sympathique. Je suis heureux que tu n'aies pas réussi à m'attraper, heureux de ne pas finir mes jours au fond d'un sac-poubelle et d'une décharge à ciel ouvert ! Cela aurait été atroce !

Amilcar croit rêver ! Il finit par bredouiller un bonjour hébété. Il a sans doute atterri sur une autre planète, celle des doigts bavards et voyageurs qui n'ont d'autres moyens de locomotion que les boîtes de conserve, parmi lesquelles celles qui contiennent du cassoulet figurent au hit-parade des véhicules de première classe. Tant qu'à faire, autant se montrer poli avec ceux qui envahissent votre intimité, surtout s'ils ont un faciès inhabituel. On ne sait jamais…

— Tu voudrais bien avoir la gentillesse de remettre cette musique d'hier soir, celle de ton repas aux chandelles que je suis désolé de t'avoir fait rater ? J'aime beaucoup le violon.

— Oh ! C'est bon ! grommelle Amilcar. Pas besoin d'en rajouter ! Ton cas est suffisamment grave.

Le jeune homme se lève et rallume sa chaîne. Aussitôt, les premières notes s'échappent, paisibles et harmonieuses.

— Merci ! Ah ! J'adore ! fait le mélomane qui s'étend et se prélasse, envoûté.

Il faut se faire à tout. Ouvrir, un soir, une boîte de conserve ; voir en chuter un doigt ; passer une nuit blanche truffée de cauchemars ; se lever, épuisé ; penser que l'on est devenu fou ; tenter de capturer l'étrange apparition et puis finir par lui souhaiter le bonjour et lui offrir en remerciement un morceau de musique classique ! Qui dit mieux ?

Amilcar revient s'asseoir à table. Il soupire et cherche un second souffle, comme un marathonien à bout de force. Sa colère vient de tomber ; sans doute parce que le doigt s'est montré calme, doux, courageux et affable à la fois.

— On dirait que tu vas beaucoup mieux, fait l'ongulé. Je suis sûr que cette mélodie te fait le plus grand bien.

Le jeune homme ne répond pas, car il se demande ce qu'il va faire maintenant ? Se lever d'un bond, prendre le doigt « à la gorge » par surprise et l'« étrangler » ? Il en serait bien débarrassé, mais ne s'en sent ni la force ni le désir, car son hôte insolite sait se montrer charmant, de cette voix apaisante qui finit de le désarmer.

Chapitre 6
L'apprivoisement

Il s'est bien passé une heure avant qu'Amilcar ne décide d'agir. Il a erré dans son étroit appartement, allant d'une pièce à l'autre, faisant sa toilette et s'habillant, multipliant les occupations dérisoires ou inutiles pour tuer le temps de son hésitation. Il a aussi sans y parvenir, tenté d'ignorer son pensionnaire, qui déciderait peut-être de s'en aller ~mais où donc et par quel moyen ?~parce qu'on le trouve indésirable. Mais le cœur n'y était pas. Définitivement. C'est bien joli de s'émouvoir en pareille occasion, encore faut-il savoir prendre une décision, tout au moins accepter une probable et inévitable cohabitation et agir en conséquence.

Le jeune homme en était à ranger sa cuisine et à la balayer pour la dixième fois au moins, gardant toujours un œil discret rivé sur le doigt, lorsque celui-ci reprit contact :

— Il y a bien longtemps que je n'ai rien

dit, mais je t'observe. Tu ne sais pas comment te donner une contenance et tu es sans doute en train de te demander ce qu'il convient de faire avec moi, maintenant que j'ai fait irruption dans ta vie, contre mon gré, je te l'avoue. Je ne voudrais pas me montrer prétentieux en t'encourageant à entamer le dialogue, comme on le dit de nos jours. Mais je pense que nous avons tout intérêt à lier davantage connaissance. Tout compte fait, nous sommes dans la même galère. Alors, ramons ensemble, si tu le veux bien, au lieu de nous laisser déchirer par les flots. Essaie de mesurer mon désarroi, mon angoisse : la séparation, la captivité dans le noir, l'immobilité, le silence, l'isolement et en peu de temps, te voilà secoué, agité, transporté sans savoir qui t'attend ni où tu vas! Et enfin, tout se précipite ; tu entends un drôle de bruit au-dessus de toi, quelqu'un découpe le couvercle et tu jaillis dans la lumière comme si, glissant, d'un toboggan, tu entrais en contact avec un milieu inconnu ! Et je te découvre. Que va-t-il m'arriver ? À qui ai-je affaire ? Que vas-tu faire de moi ? Quelqu'un a été séparé de moi. Tous les liens ont été subitement coupés…

— C'est le mot qui convient, en effet !

— Et tu t'imagines avoir perdu un seul de tes doigts ? Il va te manquer horriblement, tu le chercheras, tu auras toujours la sensation qu'il est là, mais non, il sera le doigt absent, celui qui ne te servira plus, qui était un aide des plus précieux dont tu devras compenser l'absence pour les actes les plus élémentaires : te gratter, écrire, saisir, appuyer. Cela laissera forcément des traces.

— Tu parles bien, le doigt ! On dirait un poète ! s'exclama le jeune homme que ces dernières paroles finirent de convaincre. Et c'est tout à ton honneur de n'avoir pas perdu pied dans cette rude épreuve, d'avoir gardé la tête froide !

— Je voulais juste mettre le doigt sur quelques aspects de ma situation pour te faire comprendre que nous sommes tous deux dans le même bateau et que nous avons tout intérêt à nous unir, à coopérer. Excuse-moi d'avoir été si long.

Amilcar était songeur. Il reprit la parole après de longues minutes :

— Je pensais à une chose… Si nous te trouvions un prénom ?

— Un prénom ? Qu'est-ce que c'est ?

— La personne à laquelle tu appartiens en a un. Il dit comment elle s'appelle, c'est son petit nom. Moi, par exemple-tu vas rire !- je m'appelle Amilcar. Pas très joli, mais original, non !

— Tu sais… J'ai perdu toute mémoire de ma vie d'avant et cela ne me parle pas. Mais allons-y pour un prénom !

— Je viens de réfléchir. Si nous nous parlons, nous allons nous apprivoiser, créer des liens.

À cette phrase, le doigt eut un vague frémissement que le garçon releva :

— Quelque chose te vient ?

— Non. Juste une sorte d'impression qui m'a traversé. J'ai senti comme un vent chaud, une espèce de souffle. Tu as dit des mots que j'ai peut-être entendus autrefois.

— Et… *désert, renard, petit prince, rose*, ça te rappelle des choses ?

— Non.

— Reprenons. Je pense qu'il te faut un prénom. Si nous nous parlons, je ne peux pas sans cesse t'appeler « le doigt », c'est très impersonnel et presque irrespectueux. Je t'en propose donc deux, si tu approuves mon idée, bien sûr : Tom, parce qu'il rappelle un doigt de la main, et Manu, parce qu'il rappelle que les doigts font partie des mains, sauf s'il s'agit de doigts de pieds !

— D'accord ! Je préfère Tom. Je trouve que ce nom a quelque chose de dynamique, qu'il pousse, quoi !

Amilcar partit d'un grand éclat de rire :

— Tu l'as fait exprès ?
— Quoi ?
— Non, rien. Tu as déjà entendu parler de Tom Pouce, ce petit garçon qui n'était pas plus grand qu'un pouce ?
— Non, jamais ! Enfin...

Amilcar alla ranger son balai qu'il tenait en main depuis une bonne demi-heure, pour revenir paisiblement s'accouder au plan de travail. Cette fois, mis en confiance par le sourire son hôte, le doigt ne recula pas d'un pouce.

— Que dirais-tu d'une petite toilette ? demanda Amilcar, d'un ton conciliant. Depuis ta sortie de boîte, tu dois te sentir un peu raide, englué, figé. Mais ce n'est pas ta faute, bien sûr !
— Allons-y pour la toilette ! s'écria le doigt, tout heureux que l'on s'intéresse à son bien-être. Cette odeur de saucisse séchée commence vraiment à m'incommoder ! J'imagine

que les fayots fermentent, et la sauce me raidit la peau ! Je me sens empesé comme une chemise repassée à grand renfort d'amidon ! J'aimerais tout particulièrement que tu me fasses l'ongle. Il doit être bien chargé, celui-ci !

— Tu as l'air de t'y connaître en re-passage ! J'ignorais totalement que l'on empesait les chemises de la sorte. Ça doit venir d'une autre époque que je n'ai pas connue, celle de mon grand-père, peut-être… Dis-moi, le doigt, pardon ! Tom ! Ça me vient tout à coup : ne serais-tu pas par hasard celui d'une dame ou d'une demoiselle ?

— Tu sais, enfermé depuis belle lurette, j'ai perdu la mémoire, la notion du temps et de l'espace, et je n'en sais rien, répliqua le segment. Je voudrais bien que tu m'aides justement à voir à quel sexe j'appartiens. J'ai beau me regarder et m'observer sous toutes les coutures, sous tous les plis, observer ma couleur de peau, je suis incapable de le dire ; mais je pencherais bien pour le beau sexe, car je me trouve assez fin et même assez beau.

— Cela ne veut rien dire. Beaucoup d'hommes ont des doigts comme les tiens et des dames ont parfois des doigts larges, épais et boudinés. As-tu déjà vu, par exemple, ceux d'un pianiste ? Quant à toi, tu es tout simplement de sexe masculin, car on dit « un » doigt. Pour le reste, c'est le sexe de ton ou de ta propriétaire qui reste à déterminer.

— Ce n'est pas bien compliqué ! s'exclama le doigt. S'il s'agit de ma propriétaire, elle est de sexe féminin ; et au contraire, si j'ai un propriétaire…

Amilcar l'interrompit :

— Bien sûr ! Je voudrais savoir si tu appartiens à un homme ou à une femme, tout simplement. Je suppose que tu m'avais bien compris, mais que tu voulais me mettre en boîte. Oh ! pardon ! Excuse-moi, je suis si maladroit !

Le doigt éclata de rire, imité aussitôt par le garçon qui se rendit dans la salle de bains et en revint, équipé d'un savon, d'un gant, d'une serviette de toilette et d'une trousse de laquelle il tira un coupe-ongle et une lime. Il déposa le tout à côté de l'évier et ouvrit le robinet mitigeur, d'où il laissa s'écouler un mince filet d'eau tiède. Il tendit ensuite une main, qu'il ouvrit à son étonnant pensionnaire, en l'invitant à y prendre place. Maintenant apprivoisé, le doigt ne se fit pas prier et vint s'y loger d'un saut gracieux.

— Ne crains rien. Tu es en de bonnes mains et je vais te nettoyer comme il se doit.

Une étrange sensation envahit Amilcar, qui prit soudain conscience d'héberger un hôte bien étrange. Loin de l'épouvante qu'il avait pu ressentir ces dernières heures, il se trouvait maintenant calme et apaisé, un peu comme dans un pays enchanté, visité en rêve et peuplé de créatures inattendues. Le doigt, finement observateur, qui venait de discerner le trouble du jeune homme, lui lança :

— Ça doit fait drôle, d'avoir un doigt de plus dans sa main ?

Amilcar répondit par un sourire et, avec délicatesse, plaça sa main sous le robinet. L'eau coula sur le baigneur qu'il se mit à savonner minutieusement. Ce dernier se trémoussa en gloussant de plaisir.

— Encore, s'il te plaît ! Je n'ai pas peur, tu sais ! J'ai le souvenir d'avoir souvent été très propre et entretenu; et c'est bien l'un de seuls ! Du reste, cela se voit. Hmmm ! que c'est bon et que ça fait du bien ! soupira-t-il.
— Si tu le veux, je peux obstruer l'écou-

lement avec la bonde et laisser l'eau couler. L'é-
vier te fera une piscine agréable.

— Merci ! Mais je ne me sens pas le cœur
à nager seul, sans mon propriétaire auquel j'é-
tais très attaché ! J'ai bien trop peur de boire la
tasse !

— Pour sûr, maintenant, tu serais plutôt
un membre détaché, un peu comme une sorte
d'ambassadeur qui voyage en terre étrangère,
non en avion, mais en boîte de conserve !

— Eh bien, dis donc ! Tu es plein d'humour ! Si je m'attendais à ça ! Tout à l'heure
encore, tu étais atterré et maintenant te voilà
détendu.

— C'est que j'ai eu très peur. Tu t'imagines un peu ? Je m'apprête à faire un repas de
roi, rien que pour moi, en souvenir d'un fameux cassoulet que mijotait ma maman, quand
j'étais gamin. Ce devait être… grandiose, divin !
Et voilà que tu surgis dans ma vie à pieds joints !
Sauter dans une vie à pieds joints, ce n'est pas
banal, pour un doigt !

— Bien sûr que non ! J'ai jailli d'une
boîte, engoncé dans un magma de flageolets.
C'était comme sortir la tête de l'eau pour éviter
la noyade, comme naître au grand jour,
d'autant que l'intérieur de mon habitacle n'était
pas é-clairé ! J'aurais voulu voir ta tête, à ma

place !

— J'aurais fait une tête d'ongle, et voilà tout ! s'enhardit Amilcar, soudain plus enjoué. Mais si tu crois que je n'ai pas moi-même été surpris de te découvrir, là si proche de moi, qui tenais une fourchette guerrière en main ! En toute circonstance, on ne voit que soi et on oublie complètement que les autres peuvent avoir des sensations et des impressions différentes.

— Monsieur philosophe ! répliqua Tom.

Après un court silence, le jeune homme reprit :

— Tu dois quand même bien te rappeler qui est ton propriétaire, nom d'une pipe !

Le doigt se replia un peu, se rida et prit un air sérieux. Il puisait dans ses souvenirs.

— Je ne sais plus, je te l'ai déjà dit. J'ai perdu la mémoire. Depuis que j'ai quitté le corps, j'ai été coupé de tout !

— Tu ne sais donc plus comment tu t'es retrouvé dans la boîte ?

— Non. Et cela m'embête beaucoup. Je n'ai pas conservé ~pfff ! conservé !~ la moindre image. Je suis devenu amnésique. J'ignore d'où je viens, à qui je suis et où j'irai. Et en réfléchissant bien, mon propriétaire doit être très embêté. Non seulement il a souffert autant que moi de la séparation, mais en outre, il doit être désespéré de ne pas savoir où je suis passé. Perdre un doigt dans la nature, si l'on peut dire, et se voir séparé de lui soudain, ce doit être une terrible épreuve ! Il a peut-être cessé de me chercher ou, pire, il m'a oublié !

— Un doigt perdu, ça ne doit pas s'oublier facilement, parce qu'on est forcément sûr qu'il va manquer à la panoplie !

Amilcar et le segment s'observaient en silence maintenant.

— Tu pourrais m'aider, dis ? demanda soudain ce dernier.

Le jeune homme afficha une vraie surprise, à cette demande. Jusque-là, il n'avait guère eu le temps de se préoccuper de l'avenir du doigt. Pour l'instant, il lui faisait une toilette, et rien d'autre, mais il ne s'était pas encore soucié du lendemain. Simplement, tenter, dans un premier temps, d'apprivoiser son pensionnaire constituait une épreuve, par une sorte de jeu complètement surréaliste un rien déstabilisant. Une longue journée s'annonçait et Amilcar ne voyait pas trop de quoi elle serait faite. La question du doigt le ramena à la réalité.

— T'aider ? Je ne vois pas trop comment ! C'est vrai que je ne me suis pas encore posé la question de ton séjour ici. Je n'ai pas envisagé la moindre suite à ton arrivée impromptue. Depuis quelques minutes, je dois t'avouer que je n'ai plus le courage de te jeter à la poubelle en compagnie de ton véhicule en tôle, mais je ne sais pas encore ce que je vais faire de toi.

— Aide-moi ! insista le doigt. Tu n'as plus que cela à faire. Je suppose que tu ne veux pas non plus me mettre à la porte, me jeter à la rue. La seule solution possible est donc que tu m'héberges jusqu'à ce que tu retrouves mon propriétaire.

— Eh bien, nous ne sommes pas au bout de l'aventure ! rétorqua le jeune homme, qui comprenait peu à peu que l'arrivée inopinée d'un doigt dans sa vie commençait à modifier une situation qu'il faudrait bien finir par prendre en main.

Chapitre 7
Un travail !

Le dimanche se termina par des discussions qui aidèrent l'un et l'autre à faire plus ample connaissance. Le doigt, très curieux, n'avait pas cessé de questionner Amilcar, si bien qu'en fin de soirée, il savait à peu près tout de lui, connaissait des détails de son enfance, ses goûts, son parcours et sa profession, ses loisirs et ses centres d'intérêt. Il se disait que ce n'était pas un mauvais bougre et qu'ils finiraient par s'entendre tous les deux. Pour sa part, le célibataire avait encore demandé au doigt de faire de gros efforts de mémoire, mais en vain.

— Tu ne sais plus si ton propriétaire allait travailler, s'il se levait tôt, prenait une voiture, comment était son visage, où tu vivais, ce que tu avais comme activités fréquentes ?

À chaque fois, Tom répondait par une moue ou un signe de phalange négatif.

Tard dans la soirée, le magasinier indiqua à son pensionnaire bâillant qu'il était grandement l'heure d'aller se coucher, car le lundi était jour de travail.

— Je ne vais tout de même pas te laisser dormir sur le carrelage ; c'est trop froid. Attends un peu, j'ai une idée…

Amilcar ouvrit un tiroir d'une commode toute proche, duquel il tira une paire de moufles et de fins gants de cuir ayant appartenu à sa mère. Quand il les déposa sur le plan de travail, le doigt eut un sifflement d'admiration.

— Pfuii ! d'où tu sors ça ?
— Quelle paire choisis-tu ?

Après une brève hésitation, le doigt se tendit pour désigner les gants de peau.

— Je préfère nettement les gants qui ont des chambres individuelles !
— Hmm ! Tu pourrais bien être un doigt de femme, toi !

— Possible ! Mais il est vrai que je serais plus au chaud dans les grosses boules.

— Ce sont des moufles.

Le jeune homme avança le gant de cuir gauche dans lequel notre doigt se coula avec des soupirs d'aise, après avoir essayé les cinq lieux de couchage. Hormis la place de l'auriculaire dans laquelle il se trouva un peu à l'étroit, le doigt choisit de se recroqueviller dans le compartiment du pouce, le plus spacieux, car il en avait assez de vivre à l'étroit. Bien vite, il s'endormit, après cette journée harassante. Il fut imité par Amilcar, qui avait pris la précaution de préparer ses affaires et de sélectionner l'heure de son lever, sur le radio-réveil de sa chambre.

***

Le lendemain, le magasinier s'arrangea pour arriver au dépôt à la dernière minute, pensant ainsi éviter de rencontrer ses collègues rassemblés dans la salle de pause, lesquels ne manqueraient pas de lui demander s'il avait passé un bon week-end. Il ne se sentait pas d'humeur à bavarder de si bon matin, de toute façon. Un simple bonjour à chacun suffirait, au fil de la matinée, lors de rencontres dans les longues allées rectilignes séparant les immenses rangées d'étagères. Il se rappelait n'avoir rien dit de son projet gastronomique, d'autant qu'il avait choisi de n'inviter personne le soir de la fameuse rencontre. Par contre, il craignait que l'étrange épisode eût laissé quelques traces de fatigue sur son visage, des marques de stupeur, d'étonnement.

La journée se passa sans encombre. À maintes reprises, le jeune homme pensa à son nouvel hôte, se demandant de quelle façon ce dernier réussirait à passer le temps en son absence. Il sourit à l'idée de l'appeler sur la ligne fixe. Tom ne pourrait pas sauter jusqu'au combiné, décrocher, tenir ce dernier... Décidément, cet événement commençait à le chambouler. Il avait le sentiment d'établir une relation cocasse et de nouer une amitié particulière à laquelle l'étrangeté donnait du piquant. Et le soir, il s'étonna d'éprouver du plaisir à rentrer chez lui et à parler à quelqu'un. Il comptait déjà trop d'années de solitude.

La joyeuse boulangère chez laquelle il prenait ses deux baguettes hebdomadaires, le trouva bien un peu « dans sa tête » et encore moins bavard que d'ordinaire. Elle osa même un *vous allez bien, M. Paganini ? Vous avez passé un bon dimanche ?* auquel il répondit par un oui évasif. « Je mettrais ma main à couper qu'il est amoureux ! » se dit-elle en lui rendant la monnaie avec un tendre sourire.

À son retour, le doigt l'accueillit gaiement et soupira d'aise :

— Il était grand temps que tu rentres ! Je commençais vraiment à m'ennuyer. Demain, tu pourras me mettre de la musique ? Je me sentirai moins seul ; je n'aime pas les longs silences. J'en ai trop connu dans l'obscurité de la boîte.

Amilcar se trouva tout heureux d'un tel accueil et répondit favorablement. Il était prêt à demander à son ami quels étaient ses morceaux préférés, les chanteurs qu'il aimait bien. Mais il se souvint de son amnésie et proposa de placer sur la platine plusieurs vinyles de musiques variées dont les genres allaient du rock n'roll au reggae, en passant par des morceaux folkloriques, de la variété française et des chansons pour enfants.

Le jeune homme, qui avait mûrement réfléchi, au cours de la journée, était bien décidé à aider son nouvel ami. Il le fit savoir à Tom qui en sautilla de joie sur le plan de travail.

— À présent, le plus gros du travail commence. Mais je ne sais par quel bout pren-

dre cette affaire ni dans quelles directions o-
rienter nos recherches. Il nous faudrait au
moins quelques indices. Comment faire ? Tu aurais une idée, toi ?

— Pas la moindre, malheureusement !
répliqua le doigt, embarrassé.

Ce soir, Amilcar se sentait un peu sonné,
malgré toute la joie de cette amitié naissante. Il
savait qu'il lui faudrait entreprendre de minutieuses recherches pour tenter d'identifier le
propriétaire du membre. Tous deux s'entretin-
rent du bien-fondé et de l'opportunité de certaines pistes. Au fur et à mesure qu'ils en trouvaient une, ils essayaient d'en envisager les dif-
ficultés, les possibilités et les limites. Après trois
ou quatre bonnes heures d'échange, la fatigue
se fit sentir. Les deux amis avaient éliminé, entre
autres, les recherches dans les journaux locaux,
l'envoi en nombre d'une photo à tous les arti-
sans, cuisiniers et usines agroalimentaires spé-
cialisés dans la fabrication de cassoulet. En
outre, il était à présent impossible de contacter
l'endroit dans lequel le propriétaire du doigt
avait un jour perdu la tête, affolé par l'am-
putation subite. En effet, les éboueurs étaient

passés, le matin même dans la rue où habitait Amilcar, et avaient vidé les poubelles.

La nuit fut tranquille pour tous les deux. Elle ouvrait le chemin d'espoirs naissants, elle amorçait des rêves d'aventures encore floues. Mais pour la première fois, Amilcar se sentit happé par un drôle de vent qui soufflait dans sa tête et venait bousculer sa vie monotone.

Chapitre 8
Début de recherche

Depuis quelques jours, le doigt mélomane avait fini par s'accoutumer à la solitude. Chaque matin, Amilcar lui souhaitait une bonne journée avant de s'en aller au travail. Il prenait soin également de lui préparer quelques 33 tours ou, parfois, réglait la radio sur une chaîne musicale, ce qui garantissait une journée entière d'écoute, jusqu'à son retour.

Un matin, le jeune homme décida d'engager le disque de Paganini dans le lecteur CD. Lorsqu'il revint du travail, son compagnon lui dit qu'il n'avait jamais ouï si belle musique, connu tant de virtuosité, et avoua qu'avant d'entendre un tel chef-d'œuvre, il ne savait vraiment pas ce qu'était un violon.

— Tu ne serais pas un doigt de musicien ou de musicienne, par hasard ? Et cette musique, elle te dit quelque chose, elle t'inspire, te fait retrouver un peu de mémoire ?

Le pauvre segment se contenta de rappeler qu'il était frappé d'amnésie, mais que ce n'était pas pour autant qu'il n'appréciait pas ce genre de musique. Amilcar en conclut avec un peu de précipitation que son propriétaire était sans doute mélomane. Mais pour l'heure, cela ne l'avançait pas à grand-chose…

Maintenant, notre magasinier se rendait au travail avec plus d'enthousiasme. Il sentait son énergie décuplée. Ses collègues avaient vite pris conscience de sa métamorphose ; et certains lui avaient demandé s'il n'était pas tombé amoureux, ce à quoi il avait opposé un démenti formel. Cet entrain s'accompagna peu à peu d'une sorte de décontraction assortie de petites inattentions et d'oublis de plus en plus fréquents, à tel point que son patron convoqua son employé dans son bureau afin de comprendre à quoi était dû son changement d'attitude. En effet, jamais on ne l'avait connu ainsi et son comportement commençait à susciter quelque inquiétude. Il ne retrouvait plus certaines pièces ou en fournissait d'autres qui ne correspondaient pas aux commandes ; il s'égarait parfois dans le labyrinthe des étagères géantes, tardait à rapporter des pièces ou rédigeait des bons de livraison de façon incomplète. Son patron mit le doigt sur une commande destinée à un gros client, qui avait été envoyée à un acheteur inconnu. Bien entendu, les pièces étaient revenues en payant des frais de port d'un montant conséquent et la société avait été à deux doigts d'un incident commercial.

« Monsieur Paganini, avait fait le directeur, que se passe-t-il donc ? Depuis que vous êtes mon employé, rien de semblable ne s'est jamais produit et vous vous êtes toujours montré irréprochable. Je ne voudrais pas être indiscret, mais dites-moi si vous rencontrez des problèmes personnels. Je suis prêt à vous comprendre et même à vous aider ».

Amilcar ne supporta pas la teneur de cet entretien qu'il prit pour une réprimande. Sa conscience professionnelle était mise en cause. Il fallait absolument redresser la barre. Il sentait bien qu'il ne vivait plus que pour cette complicité entre le doigt et lui-même, qu'il n'attendait plus que son retour à la maison pour partager de bons moments avec lui. De plus, depuis quelque temps, il ne passait plus une seule nuit sans s'évader dans des aventures rocambolesques, sans appareiller pour des latitudes inconnues, sans traverser des contrées peuplées de toutes sortes de doigts. Il y en avait de minuscules, de maigres et effilés, de boudinés ou difformes, des noirs, des blancs, des jaunes, d'autres toujours levés ou repliés sur eux-mêmes ; quelques-uns se trouvaient soudain plongés dans des trous de toutes sortes. Les plus effrayants étaient pointés, accusateurs, tordus, crochus, frappant des tempes, comptant des billets de banque, pinçant des fesses, appuyant sur des boutons de sonnette, des gâchettes, saisissant toutes sortes d'objets, caressant des pelages, des peaux, effleurant des visages ou froissant des tissus.

Après avoir longuement hésité, il décida de consulter un psychothérapeute auquel il conta en détail les fréquents cauchemars qui le réveillaient en sursaut et le trouvaient suant et haletant. Face à face, un doigt et un œil. Il était l'œil et le doigt voulait s'introduire en lui. Une autre fois, il assistait à un interminable défilé de doigts levés posés sur la couture d'un pantalon, qui fondaient sur lui et le montraient pour le mettre à l'index. Une autre fois encore, un tout petit doigt lui jouait une sonate en do majeur puis s'approchait de son oreille et, grossissant sans cesse, criait de plus en plus fort : « C'est mon petit doigt qui me l'a dit ! »

Le thérapeute écouta Amilcar avec attention, ne l'interrompant jamais, si bien que son patient finit par se sentir en confiance. Cet homme-là allait peut-être pouvoir l'aider. Mais voyez comme est faite la vie : on peut parfois d'un seul mot changer le cours des choses. C'est ce qui arriva au jeune homme qui quitta, épouvanté, le cabinet du praticien lorsque ce dernier lui lança en plaisantant :

— Je pense que je peux vous donner un coup de main. Pour le reste, la devise dit « Fais ce que doit et advienne que pourra ! »

En vérité, même si le doigt et lui avaient commencé à vivre une amitié particulière source de bonheur, Amilcar sentait bien que cette irruption digitale dans sa vie tranquille le perturbait plus qu'il ne voulait le penser. Il décida illico de poursuivre plus intensément ses recherches en évitant de passer par la case *psychologue*.

Il s'agissait également d'afficher la plus grande discrétion, sur le lieu de son travail, afin d'éviter toute discussion susceptible de renseigner son entourage sur sa vie privée. En fait, de tout garder secret.

Chapitre 9
Examen minutieux

Les premiers jours de déstabilisation passés, Amilcar commença à prendre la mesure des choses et les affaires en main, en même temps que le taureau par les cornes. Bien sûr, il ne s'agissait pas de précipiter les événements, mais bien au contraire, d'agir avec circonspection, en élaborant d'abord un plan d'action. Il allait réussir -d'ailleurs, c'était nécessaire !-lui qui savait si bien ranger et retrouver les innombrables pièces de son magasin.

Il se dit qu'un examen détaillé et approfondi de son ami serait susceptible d'ap-porter certains indices. Aussi, il fit l'achat d'un petit carnet dans lequel il décida de consigner toutes les observations susceptibles d'apporter des informations sur son ami du Sud-ouest et son propriétaire.

Donc ce soir-là, de retour à la maison, il

n'attendit pas l'heure du repas pour entreprendre une observation détaillée du doigt et
s'approcha de lui, muni d'un crayon et du fameux carnet.

— Comme tu m'as demandé de t'aider, je
vais le faire sans tarder. Tu voudras donc bien
m'excuser de te tripoter et de t'observer sous
toutes les coutures, mais je pense nécessaire,
voire indispensable de le faire afin de trouver
un maximum d'indices qui pourraient nous aider à identifier ton propriétaire.

— Pas de souci ! Je ne demande pas
mieux !

Amilcar étendit sur le plan de travail une
serviette de table où son ami s'allongea avec une
volupté non déguisée, ravi de pouvoir se pré-
lasser ainsi. Il se prêta donc à l'examen détaillé.
Le jeune homme le prit délicatement en main et,
le tournant lentement en tous sens, fit progressivement part des observations qu'il consigna
ensuite dans le carnet.

— Tu n'as pas l'air bien vieux et je te
trouve peu ridé. Pas de traces de blessure ni de
coupures apparentes.

— N'exagérons rien ! s'exclama le patient. Si ma condition actuelle ne te suffit pas à prouver le contraire !

— Pardonne-moi. Je ne voulais pas te faire de peine, je remarquais simplement que tu n'as aucune cicatrice apparente sur la peau.

— Excuse-moi de m'être un peu emporté et de t'avoir coupé, répondit le segment radouci. Mais depuis cette étrange et douloureuse aventure, tu comprendras aisément que j'aie les nerfs à fleur de peau. Mais continue.

— Ce n'est rien, rétorqua Amilcar qui reprit son examen méthodique. Tu sembles trop grand pour être un auriculaire ; pas assez pour être un majeur. Pas assez large et plat, tu n'as rien d'un pouce. Et j'ai un doute sur l'annulaire que tu pourrais être. D'ailleurs, c'est le type de doigt qui, comme son nom l'indique, porte souvent un anneau, une bague, une alliance. Finalement, tu pourrais bien être un index, ce doigt qui montre. En outre, tu n'appartiens sans doute pas à un fumeur ou une fumeuse, car je ne relève pas la moindre trace brune de nicotine…

Et, ce disant, Amilcar tendit ses deux index.

— Peut-être bien que mon séjour en boîte

a contribué à modifier ma pigmentation, non ?

— Tu as sans doute raison ; les colorants naturels ont fait leur œuvre ! Mais quoi qu'il en soit, ton examen me donne peu d'indices et j'en conclus qu'il n'est pas facile de déterminer le sexe ton propriétaire !

— Tout à fait. Plus j'y pense et plus je me dis que nos recherches ne vont pas être simples.

— Et moi, plus j'y pense et plus je me dis que nous allons devoir nous rendre sur place et faire du porte-à-porte.

— Tu es sérieux ?

— On ne peut plus.

— On ne peut tout de même pas voyager à l'aveuglette !

— Bien sûr. Et c'est pour cela que je vais prendre dès que possible un congé de quelques jours au cours desquels nous allons parcourir le Sud-ouest en long en large et en travers !

— Mais comment savoir où se trouvent des fabricants de cassoulet, des cuisiniers ?

— Je vais aller à la poste centrale la plus proche et rechercher ces renseignements dans les pages jaunes. Une fois que je les aurais trouvés, nous pourrons partir en voyage.

— Merveilleux ! J'aimerais tellement participer aux recherches.

— Mais figure-toi que j'aurai besoin de

toi ! Tu m'accompagneras et tu m'aideras discrètement à tourner les pages.

Chapitre 10
Préparatifs

Le plaisir qu'avait éprouvé Tom lors de son examen n'avait pas échappé à Amilcar qui se défendait d'être un expert en interprétation de la gestique digitale. Ce détail le laissait penser que son ami était un segment féminin, mais rien n'était moins sûr, compte tenu du peu de connaissance qu'avait le garçon du beau sexe.

Il convenait de s'organiser. Nous étions aux portes d'un printemps ouvert à un paisible voyage dans la fraîcheur occitane. Le magasinier n'avait rencontré aucune difficulté à obtenir quelques jours de congé. Au contraire, son patron qui avait trouvé judicieux son désir de repos après les derniers flottements remarqués dans son activité avait encouragé cette initiative.

L'avenir était radieux et la perspective d'un voyage de recherche réjouissait le nouvel aventurier qui allait, pour une fois, remiser ses cassettes touristiques VHS au profit d'un véritable road trip. Pour l'occasion, il avait fait l'acquisition d'un guide du routard, d'une carte du Sud-ouest de l'édition la plus récente dûment à jour. Il avait établi un itinéraire détaillé, calculé les kilométrages journaliers en fonction des « lieux à cassoulet », comme il les appelait, et enfin fixé des points de chute pour dormir. Il savait que ce périple relâcherait forcément les cordons de sa bourse. Aussi avait-il envisagé de dormir dans un camping modeste, sur une place publique ou un parking. Sans doute aurait-il été intéressant d'acheter un minuscule camping-car, mais son budget était trop serré.

Bien sûr, Tom l'avait accompagné à la Poste pour tourner les pages jaunes de volumineux annuaires. Il ne s'agissait pas non plus que ce brave compagnon maintenant excité à l'idée d'un voyage de retrouvailles possibles sombrât dans la dépression à force de rester enfermé.

Il restait à dresser l'inventaire du matériel à emporter : vêtements, trousse de secours, trousse à outils sommaire en cas de petits ennuis mécaniques, nécessaire de camping qu'il faudrait acheter à la grande ville, sans oublier la confection d'un hébergement pour que l'ami digital voyage à son aise.

Quelques jours avant le départ, Amilcar s'était rendu chez « Bio Nick », l'unique épicerie bio de la région où il avait acheté la fameuse préparation culinaire. Les rayons s'étaient vidés, à son grand étonnement, et un nouveau vendeur lui avait expliqué qu'on allait fermer définitivement, faute de clientèle régulière et fournie. Il était désolé, mais il ne restait plus une traitre boîte de cassoulet.

***

Un soir, Amilcar présenta une carte routière sur laquelle il avait fluoré un important itinéraire qu'il présenta à son ami.

— Voilà, Tom. J'ai tracé un chemin qui nous permettra d'être efficaces et ne pas perdre de temps en transport. Les recherches pourraient s'avérer longues et laborieuses. Je t'ai préparé un hébergement stable, douillet et discret au pied du siège passager. Tu ne seras pas exposé aux regards trop curieux ni aux rayons du soleil. Rassure-toi, je ne te laisserai pas étouffer dans l'obscure boîte à gants de ma vieille Titine ; ça te rappellerait trop de choses et je pense que tu es devenu claustrophobe.

— C'est un gros mot ?

— Non, je ne te dirais jamais de gros

mots ! Cela signifie que tu ne supportes pas d'être enfermé, simplement. Je reprends. Nous aurons tout loisir de bavarder et d'écouter de la musique. D'ailleurs si cela te dit, je pourrai emporter pour toi tous les CD et les cassettes qui te plaisent.

— Mon ami, tu ne saurais me faire plus grand plaisir ! Et je serais comblé si je pouvais retrouver mon cher propriétaire, répondit le doigt qui aurait bien applaudi s'il avait été pourvu de mains.

— À ce propos, j'ai renoncé à contacter les hôpitaux qui se seraient de toute façon retranchés derrière le secret professionnel, ainsi que les journaux régionaux qui n'ont pas eu forcément connaissance de cet accident du travail.

— Me prendras-tu avec toi pendant les visites ? Bien caché dans une de tes poches, même si je ne vois rien et si j'ai perdu toute mémoire, je pourrai peut-être entendre des voix, identifier des lieux ou des personnes, ce qui pourrait raviver des souvenirs…

— Tu as raison. Mais il me faudra faire preuve de la plus grande discrétion. Imagine un instant qu'on me surprenne à plonger une main dans une poche pour en extraire un doigt solitaire ! À coup sûr, les choses tourneraient mal.

Rassure-toi, j'essaierai de te faire profiter de toutes les occasions favorables et, de toute façon, tu entendras tout ce qu'il se dira.

Chapitre 11
En voiture !

— Ben, dis donc, elle est chouette, ta boîte de conserve ! Au moins tu vois clair, tu ne voyages pas au noir, comme moi ! s'exclama Tom, quand il fut installé sur le siège avant du passager.

— Nous allons voyager de conserve, comme tu peux le constater, et elle se conduit au doigt et à l'œil ! répliqua Amilcar. Tu es confortablement installé, au moins ?

— Trop bons, tes traits d'humour ! J'ose juste espérer qu'on en sortira moins brusquement que ça ne m'est arrivé ! Je te vois bien gicler entre des haricots, couvert de sauce, en com-pagnie des viandes ! Et pour ce qui est de mon confort, je suis installé comme il se doit.

Le conducteur rit du bon mot de son ami et lui expliqua qu'ils allaient faire un premier trajet sans trop de haltes, afin d'être rendus sur place au plus vite, car le temps était compté et précieux. Tom opina du bon-net pour marquer son contentement, car il piaffait d'impatience de retrouver son iden-tité. Il n'imaginait pas rester orphelin plus longtemps.

Le jour se levait avec une paresse printa-nière : couleurs tendres de la nature, ciel bleu pâle, fraîcheur vivifiante. La voiture quittait Orléans encore assoupie, que des travailleurs matinaux traversaient. En fin de matinée, ils arrivèrent sans encombre dans le Languedoc.

Amilcar se gara sur une place de village tranquille et ombragée. Il fallait se restaurer et prendre soin de se détendre avant d'abor-der les choses sérieuses. Le doigt, qui s'était assoupi, bercé par le ronronnement du mo-teur et la monotonie du voyage, s'éveilla et s'étira avec volupté.

— On est arrivés ? T'as vu du monde ? Où sommes-nous ?

— Tout va bien, Tom. Nous ne tarderons plus à être à pied d'œuvre, expliqua Amilcar qui mordait dans un casse-croûte aux ril-lettes d'oie avec un plaisir non dissimulé. J'ai faim, nom d'une pipe ! Et pour répondre à ta question, le premier village pourvu d'une fa-brique de cassoulet est tout proche.

La voiture était garée devant la grille d'une petite conserverie lorsque quatorze coups sonnèrent au clocher du village. Tom s'était assoupi. Amilcar s'en saisit avec pré-caution et le déposa au fond d'une poche de son veston, ce qui le réveilla :

— Eh ! où m'emmènes-tu ? Il fait noir là-dedans ! Fais-moi sortir de là, s'il te plaît ! J'étouffe déjà et j'ai trop chaud.

— Tu m'as bien dit que tu voulais abso-lument m'accompagner, pour tout entendre, tout savoir ?

— Bien sûr, mais je pense que je ne sup-porte plus d'être enfermé, de me sentir em-prisonné, depuis que je suis allé en boîte.

— Tu viens avec moi ou non ? Je n'ai pas d'autre place plus confortable à t'offrir. Nous sommes peut-être à deux doigts de réussir, Tom. Ne te prive pas de ces instants de re-cherche et prends sur toi. Allez ! un petit effort ! Et dès que nous serons sortis de la fabrique, je te donnerai un bain pour te ra-fraîchir, qu'en dis-tu ?

Tom se sentit requinqué par ces paroles encourageantes ; aussi accepta-t-il de rester en fond de poche et de souffrir un peu de la chaleur.

— Toi, tu sais parler aux doigts, au moins ! Et si tu t'y prends aussi bien avec les femmes, tu ne resteras plus longtemps célibataire ! Comment appelles-tu encore le doigt des bagues et des alliances ?

— L'annulaire. Bon ! On y va ! Silence main-tenant.

Amilcar avait répété son intervention à la maison et sur la route. Il la connaissait sur le bout des doigts. Il tenait à se montrer clair, efficace et soucieux de n'effrayer personne, de ne pas manifester une curiosité excessive qui lui vaudrait sans doute d'être éconduit.

La première visite fut des plus rapides. En effet, la réceptionniste de l'établissement, apparemment très occupée, accueillit l'arrivant de façon expéditive et répondit par la néga-tive aux questions qu'on lui posait.

— Pas bien aimable, la dame ! s'exclama Tom aussitôt sorti. J'étais à deux doigts de bondir !

— Valait mieux éviter ! En effet, l'accueil n'a pas été des plus chaleureux, mais si cha-que visite est aussi rapide, nous aurons tôt fait d'être fixés. Allez ! en voiture !

Une bonne distance les séparait de la prochaine *cassouletterie* bio, comme Amilcar avait décidé de baptiser les établissements qu'il comptait visiter.

Trois heures plus tard, il entra dans une autre conserverie où le patron trouva la re~quête du visiteur bizarre. Il demanda pour~quoi ce dernier tenait à retrouver une per~sonne amputée d'un doigt, précisément dans un établissement où l'on mijotait du cassoulet. Dans la poche, Tom se tortillait et trépignait, fâché qu'on ne pût comprendre la raison d'une telle démarche. Quant à son a~mi, il avait soigneusement préparé ses ré~ponses, car il avait prévu ce genre de ques~tion. Ne pas donner de motif à sa visite ris~quait d'amener la méfiance et aurait pu apparaître comme une indiscrétion, d'autant que les interlocuteurs n'avaient aucune rai~son de fournir ce genre de renseignement très personnel à un inconnu. Aussi, le jeune homme avait~il décidé de jouer cartes sur ta~ble et de ne pas y aller par quatre chemins.

J'ai lu il n'y a pas si longtemps un article de journal qui disait que quelqu'un avait perdu un doigt en travaillant dans une conserverie. Je suis en train d'écrire un livre contenant des anecdotes diverses traitant d'accidents du travail. Je ne vous cache pas que c'est une recherche longue éveillant sou~vent des soupçons et incitant les gens à ne pas me répondre.

Il fallait bien mentir un peu, pour la bonne cause, Tom brûlant du désir de retrou~ver son propriétaire et donc son identité. Et dans cette région, il savait être à deux doigts d'y parvenir, si toutefois… Bien sûr, Amilcar évita de parler de doigt ayant voyagé en boîte de conserve. Il comprenait bien que personne ne souhaite dire qu'un tel incident était advenu dans son entreprise. Le patron, un brave homme, affirma qu'aucune mé~saventure de cet ordre ne s'était produite chez lui et qu'il n'avait jamais eu con~naissance d'un tel fait divers dans la région. Il souhaita bon courage dans ses recherches à son visiteur.

Dans la poche, Tom souriait et s'avérait confiant pour la suite. Il était l'heure main~tenant de dénicher un camping tranquille, pas trop coûteux et au vert, où les deux amis pour~raient faire le point et passer une nuit répa~ratrice après une journée bien remplie. Demain, il faudrait mettre les bouchées doubles, avaler des kilomètres et cumuler des visites.

Chapitre 12
Poursuite des recherches.

La nuit au camping avait été bonne, pas trop fraîche, dans le sac de couchage en plume pour Amilcar et dans un petit panier tenant du berceau miniature pour Tom qui avait rêvé de retrouvailles manuelles. Doigt et homme, tous deux repliés dans la position fœtale, avaient bien dormi malgré un sol un peu dur encourageant les courbatures. Le soleil éclairait un matin annonciateur d'une belle journée propice à la promenade. Sur le coup de huit heures, après un petit déjeuner et une toilette à l'eau froide, les baroudeurs furent sur le pied de guerre. Le moteur de la vieille Japonaise ronronna et l'équipage prit la route sur l'air de *Stairway to heaven*.

En chemin, il fut question du contact avec les gens qu'ils iraient interroger.

— Tiens-tu encore à m'accompagner et à

rester dans ma poche ? demanda le conducteur. Je t'ai trouvé parfois bien nerveux, hier. Et j'ai même craint que tu sautes sur le sol au risque de te rompre les os.

— Il faut bien que j'apprenne, que j'accepte de vivre toutes les situations par lesquelles passer pour espérer retrouver mon ou ma propriétaire. Si je reste à t'attendre dans la voiture, d'abord, je risque d'avoir trop chaud et ensuite, la rencontre que j'espère arrivera comme un cheveu sur la soupe. Non, il faut que je prenne aussi les choses en main, comme il se doit.

— D'accord.

— Sans compter, sur le bout des doigts-tu vois que je me mets aussi aux jeux de mots !- que je saurai écouter Et si des choses intéressantes se disent…

— Tu seras un doigt bavard et je pourrai raconter plus tard que mon ami doigt m'l'a dit !

— Bon, on arrive dans combien de temps chez notre prochain cuisinier ?

— Pas avant une bonne heure de route.

Tom s'étendit dans son lit calé sur le siège avant. Le ronronnement du moteur l'endormit rapidement et il ne se réveilla en sursaut qu'au bruit de la portière du conducteur qui s'ouvrait avec un léger grincement. La première *cassou-letterie* de la journée, accueillante, était entourée de buissons et d'arbustes aux couleurs variées et l'employée qui accueillit Amilcar lui adressa un sourire en forme de pétale de rose. Comme la veille, le jeune homme exposa l'objet de sa visite, lequel attisa la curiosité de la dame qui s'étonna que l'on pût avoir le désir d'écrire un livre portant sur des accidents du travail survenus dans des usines ou des fabriques.

— Je sais que c'est un sujet particulier, ajouta le visiteur, mais je pense qu'il est bon que les gens connaissent mieux les conditions de travail et les mésaventures souvent imprévisibles des employés des chaînes de production. Peu pensent qu'il n'arrive rien ou pas grand-chose. Pourtant, en raison de l'utilisation de machines, il arrive des drames, de véritables accidents fort rares heureusement. Et je voudrais que le lecteur puisse toucher du doigt ce genre de problème. Je travaille comme magasinier et…

La dame de l'accueil redoublait d'attention ; elle comprenait, convaincue de l'intérêt de la démarche.

— Vous me contacterez, quand votre livre sortira ?

— Euh… oui !

— Je suis désolée de vous dire qu'ici, personne n'a vu l'un de ses doigts s'en aller dans la chaîne ou ailleurs. Il y a bien eu quelques blessures comme partout, dans ce métier, mais sans plus.

Amilcar s'en alla, fort satisfait de cette rencontre, qui était, selon lui et son ami Tom, de bon augure pour la journée. Entrevue cordiale, intérêt pour sa démarche. Il venait de comprendre que son petit mensonge au sujet de la raison de sa visite se transformait en projet d'écriture de livre ! Inattendu et pas simple à envisager pour un modeste magasinier, fût-il expert en son domaine ! Enfin, on verrait bien. Pour l'instant, l'essentiel était de mettre la main sur le propriétaire de l'ami doigt.

Chapitre 13
Le plein d'enthousiasme !

Dans la voiture qui cinglait vers la prochaine halte, Tom ne ménageait pas sa satisfaction. L'intérêt manifesté pour les recherches, les encouragements, tout constituait un terrain favorable qui ne pourrait déboucher que sur des retrouvailles. Il le sentait, Tom.

— Mon petit doigt me dit…

— Un mensonge ! coupa net Amilcar, le cœur en joie.

— Mon petit doigt me dit, disais-je…

— Tu n'as pas de petit doigt, puisque tu es un doigt toi-même ! Tu vois d'ici un doigt pourvu de doigts ?

— Bof ! Pourquoi pas ? Il y a bien des histoires sans queue ni tête.

— Tu m'as l'air de prendre goût à la plaisanterie, dis donc !

— Eh oui ! Et figure-toi que je sens que nous allons toucher au but. Depuis que nous sommes arrivés dans cette belle région, je me sens revivre, je retrouve de la gaîté, de l'entrain. Et puis, je sens que la main qui doit m'accueillir, qui m'a perdu, est toute proche.

— J'espère que tu dis vrai, mon ami. Ce serait vraiment navrant de repartir bredouille.

— Repartir ? C'est hors de question ! S'il le fallait, je sillonnerais tout le Sud-ouest en long, en large et en travers pour retrouver qui tu sais.

— Justement, je ne sais pas qui ! Et si notre voyage devait se solder par un échec, je n'aurais pas le cœur à te laisser si loin de moi. Tu serais seul, désemparé, désorienté. Et que deviendrais-tu ? Non, nous repartirons ensemble si nous ne trouvons pas ton ou ta propriétaire. Et puis, il se pourrait aussi que...

Amilcar interrompit sa phrase. Il sentait que c'était mieux ainsi. Tom, qui semblait avoir compris, ne releva pas. Le jeune homme le regarda à la dérobée dans son petit panier et crut apercevoir comme une larme au bord de son ongle. Il essuya la sienne qui perlait au coin d'une paupière. Ses yeux embués l'empêchaient de voir nettement la route, aussi, il ralentit.

— Il y a un problème ?

— Non, juste le soleil qui m'a ébloui.

Deux heures plus tard, ils arrivèrent dans une charmante bourgade au cœur de laquelle siégeait une *cassouletterie* à l'architecture surprenante. Pas de grand hangar ni de bâtiment d'usine, comme on aurait pu s'y attendre, mais une bâtisse austère aux allures de couvent ou d'ancien pensionnat. Sur le chemin d'accès, une pancarte fort bien décorée, sans doute peinte par un artiste local, souhaitait la bienvenue aux visiteurs. En ce milieu d'après-midi, le parking était désert. Amilcar se dit que le passage devait être assez réduit dans cette campagne un peu perdue. Au bas de l'imposant panneau, il repéra un sigle indiquant que les produits cuisinés ici étaient bio. Un peu plus loin, une photo d'une boîte de cassoulet à l'étiquette jaune, que le jeune homme reconnut immédiatement.

— Bon sang, mais c'est bien vrai !

— Quoi qu'est bien vrai ? demanda le doigt assoupi.

Comme Amilcar ne répondait pas, il insista :

— Quoi qu'est bien vrai ?

— Figure-toi que je viens de reconnaître l'étiquette !

— Quelle étiquette ?

— Celle de « ta boîte » figure-toi ! Cette fois, j'en suis certain, nous sommes au bon endroit ! Nous sommes arrivés ! L'étiquette est jaune et c'est bien la même ; j'en donnerais ma main à couper !

— Peux-tu modérer un peu tes propos, s'il te plaît ? Tu ne sais pas à qui tu parles !

— Pardonne-moi. Je ne voulais pas te blesser. Je suis certain que nous sommes sur la bonne piste, Tom ! Allons voir !

— Si cela ne te dérange pas, je préfère poursuivre ma petite sieste.

— Comme tu voudras, fit Amilcar qui ferma sa portière à clé, non sans avoir pris soin d'en abaisser un peu la vitre et de déposer Tom et son minuscule panier sous un siège afin qu'il n'attire pas l'attention.

Le hall d'accueil portait bien son nom : convivial, il donnait vraiment envie d'y passer un moment à s'asseoir dans des sièges confortables pour feuilleter des revues intéressantes qui n'avaient rien à voir avec celles que l'on trouve dans les salles d'attente de nombreux médecins. Une musique douce discrètement distillée vous mettait dans l'ambiance et aucun éclairage ne venait vous agresser. Pour autant, pas de luxe, pas de clinquant.

Une dame entra et se dirigea vers l'arrivant qu'elle accueillit avec un large sourire et un franc *Bonjour, monsieur,* qui ne pouvait que mettre de bonne humeur. Amilcar lui rendit son salut et lui expliqua les raisons de sa visite.

— Un instant, s'il vous plaît. Le patron va venir vous voir. Je vais aller le chercher. Si vous voulez bien vous installer. Souhaitez-vous un café, un thé ou une boisson rafraîchissante ?

— Une simple bouteille d'eau me suffira. Merci !

La dame tira une petite cruche d'un réfrigérateur tout proche et la posa avec un verre sur une table basse, puis elle s'en alla appeler le patron qui ne tarda pas à arriver. Énergique poignée de main, nouveau sourire.

— Monsieur, à qui ai-je l'honneur ?

— Amilcar Paganini, cher monsieur.

— Vous êtes de la famille de l'illustre compositeur ?

— Oh ! Pas du tout, ou alors, mes parents me l'ont bien caché, car je n'ai découvert ce violoniste talentueux que tout récemment.

— Pouvez-vous me dire la raison de votre visite ?

Cette fois, le jeune homme pensa qu'il était préférable de parler du doigt qu'il avait découvert dans une boîte de cassoulet, car il était presque certain d'être arrivé au bon endroit. Et, tout logiquement, il en vint à demander si un tel accident avait eu lieu dans l'établissement.

— Je ne vous cache pas que cela s'est bien passé ici, voici quelques mois à peine. Je vous fais grâce des détails de cet épisode dramatique. À vous entendre, je comprends maintenant pourquoi nous n'avons jamais retrouvé le doigt. Je dois dire que cet accident a beaucoup affligé tout le monde ici, à commencer, bien entendu, par la malheureuse victime qui, aujourd'hui encore, a bien du mal à s'en remettre. Mais… j'ose à peine vous demander ce que vous avez fait du doigt.

— Je l'ai conservé, je veux dire gardé, corrigea le jeune homme qui avait compris immédiatement l'emploi malheureux du mot.

— Et vous l'avez emporté avec vous dans le but de le restituer à son propriétaire ?

— Bien entendu ! À présent, je suis presque certain de me trouver au bon endroit et je n'ai qu'une hâte, celle de rencontrer l'homme ou la femme qui a perdu son doigt.

— Assurément, vous êtes a priori au bon endroit et les détails que vous me donnez le montrent.

— J'en ai été quasiment certain quand j'ai reconnu, sur le grand panneau situé à l'entrée du domaine, l'étiquette habillant les boîtes.

— Mais dites-moi, vous auriez pu vous éviter des déplacements et des recherches fastidieuses, simplement en essayant de nous joindre à l'aide des informations figurant sur cette étiquette ?

— C'est que j'ai jeté la boîte trop vite ! Et lorsque je suis retourné au magasin où je l'avais achetée, il n'y en avait plus, car la boutique était en cours de fermeture définitive. Croyez bien que j'ai regretté ma précipitation. En même temps, je ne me voyais pas faire l'économie du voyage et de la rencontre directe. Écrire des dizaines de lettres, peut-être ? Téléphoner, mais à quel moment ? Tout aurait été compliqué, aurait pris du temps. Et qui m'aurait répondu ? J'ai donc décidé de prendre quelques jours de vacances et de parcourir le pays du cassoulet. Je me rends compte que j'ai bien fait.

— Je vous comprends. Rien de tel que de parler avec les gens, surtout pour ce genre de démarche. Au fait, le doigt vous accompagne-t-il ?

— Bien sûr ! Il est dans ma voiture, en parfait état.

— Monsieur, si vous en êtes d'accord, je vous présenterai demain mademoiselle Mariette Dumant, car c'est le nom de la jeune fille qui sera au comble du bonheur de retrouver son index gauche.

— Merveilleux ! Vous me dites les seules choses que je désirais savoir tout de suite. Ne serait-il pas possible de la rencontrer là, maintenant ?

— Je comprends votre impatience, mais il vous faudra attendre demain aux environs de midi.

— Pourquoi midi ?

— Simplement parce que Mariette, qui d'ailleurs est ma nièce, travaille à mi-temps depuis son accident. Elle participera comme d'habitude au petit repas que nous prenons tous ensemble les mardis. C'est son jour de congé. D'autre part, peu avant sa venue, je souhaite lui annoncer la bonne nouvelle et la préparer à cet événement inattendu. Vous vous doutez que ce sera un moment émouvant et je préfère qu'elle vous rencontre en étant sereine.

— Je vous comprends parfaitement, monsieur. J'attendrai donc demain avec autant de joie. Cela me fera si plaisir de rencontrer mademoiselle…

— Mariette. De plus, vous verrez ; elle est charmante. Alors à demain midi ?

— Oui. Je vais dire cela à Tom.

— Vous êtes venus avec un ami ?

— Oui, Tom.

Le patron marqua sa surprise. Mais au comble de la joie, Amilcar se sentait le goût à plaisanter.

— Oui, Tom, c'est mon ami ; et Tom, c'est le doigt de Mariette !

Il prit congé et se dirigea vers la sortie en chantonnant. Il fallait annoncer cela à l'index de la jeune femme. Et si cette dernière était vraiment aussi charmante que ce cher Tom, cela promettait des instants de ravissement.

À peine revenu à sa voiture, Amilcar s'empressa de narrer par le menu sa merveilleuse entrevue avec le patron de la conserverie. Tom, tout moite, qui terminait sa sieste, se dressa sur son ongle et, en proie à une belle excitation, demanda force détails qu'il avait pourtant déjà entendus. Le jeune homme transformé en moulin à paroles ne lui permettait pas d'en placer une, comme on dit, si bien qu'après quelques minutes de monologue, le doigt n'avait toujours pas pu poser la question qui lui chatouillait les phalanges.

— Tu vas me dire qui est mon propriétaire, à la fin ?

— J'allais y venir, mais tu ne me laisses pas parler !

— Pfff ! c'est la meilleure ! Alors, vas-y !

— Tu es l'index gauche d'une jeune dame qui, paraît-il, est très mignonne et qui se nomme Mariette Dumant. De plus, c'est la nièce du patron !

— Merveilleux ! Sensationnel ! Magnifique ! Fantastique ! Incroyable ! s'écria le doigt qui sautait maintenant dans son panier, comme un gamin bondit sur son lit qu'il transforme en trampoline d'appartement. J'ai toujours pensé que j'étais un doigt féminin. Je me rappelle avoir eu une légère hésitation quand tu as décidé de me baptiser d'un nom de pouce, mais tu as sincèrement fait de ton mieux. Maintenant, je pourrais plutôt m'appeler Al !

— Al ? s'étonna Amilcar.

— Oui, Al Index ! Oh ! je sais bien que cela n'a rien d'original, mais la belle affaire ! Les doigts font partie du quotidien, de la vie courante et on en trouve de toutes les couleurs, de toutes formes, et ils vont se nicher partout : dans les yeux, les nez, les engrenages, les pots de confiture et même dans les boîtes de cassoulet, alors !

— Toi, t'es en forme depuis quelques minutes et puis, bravo pour l'autodérision !

Amilcar rafraîchit et calma son ami en l'aspergeant de quelques gouttes d'eau. Il rappela qu'ils étaient cordialement invités le lendemain midi à prendre un repas auquel Mariette participerait, avec toute l'équipe de la conserverie. Les deux compères frétillaient d'impatience, l'un parce qu'il allait enfin retrouver sa propriétaire, refaire connaissance et tisser des liens depuis si longtemps distendus, l'autre parce qu'il attendait de parler avec une belle jeune femme à laquelle il allait offrir son index perdu. Tous deux n'attendaient que d'être comblés.

Chapitre 14
Retrouvailles !

— Tu me promets de rester calme, Tom, tant que ce ne sera pas le bon moment que je te tire de ma poche ?

— Je te donne ma parole, bien que je piaffe d'impatience. Je me sens prêt à ne rien gâcher de ce moment mémorable.

— Alors, on y va !

Amilcar empocha son digital ami avec précaution. Avant le départ, il lui avait fait une toilette minutieuse, limé et curé l'ongle afin qu'il soit sur son trente-et-un. Aussitôt entré dans le hall de la conserverie, le jeune homme fut conduit dans une petite salle coquette où une dizaine de personnes bavardaient entre elles, assises devant un couvert dressé. En un coup d'œil, il comprit que Mariette n'était pas encore arrivée. En effet, comme quelques places étaient libres, il pensa que nécessairement, on l'inviterait à s'asseoir à l'une d'elles, aux côtés de la jeune femme, afin qu'ils aient le temps d'échanger et de faire connaissance, tant ils auraient de choses à se dire.

Amilcar fut invité à prendre place. Quand il était entré, il avait salué à la cantonade et on lui avait répondu. Personne à présent ne semblait plus trop se soucier de lui ; les gens se connaissaient tous et bavardaient entre eux. Visiblement, ils ne semblaient pas être au courant des raisons de sa présence. D'un naturel discret, il préférait rester en retrait afin d'éviter d'éventuelles questions embarrassantes. Personne ne s'intéressait à lui et c'était bien ainsi.

La porte s'ouvrit et le patron précédé d'une ravissante jeune femme entra. Mariette se dirigea, sourire aux lèvres, vers cet être désormais providentiel, son sauveur, qui se leva, rouge de confusion, pour la saluer. Il était si impressionné, si confus, qu'il ne sut que bredouiller un vague bonjour auquel la jeune femme répondit en l'invitant à prendre place. Aussitôt, tous deux partirent dans une discussion où se mêlaient émotions, étonnement, plaisir et curiosité, à en juger par le ton de la conversation et leurs visages enjoués. Ils avaient tant à se dire qu'ils mangèrent peu. Une même joie semblait les inonder et ainsi, ils se sentaient loin des autres, coupés du monde, isolés dans leur bulle.

Dans la poche de la veste de toile, Tom, excité et en sueur, ne perdait pas une miette de la conversation. Plusieurs fois, il aurait souhaité se manifester et même bondir sur la table, car il commençait à trouver le temps long et bouillait de redécouvrir, de reconnaître peut-être le visage de sa propriétaire. Mais il avait promis de se montrer patient, craignant par une réaction irréfléchie de compromettre ou gâcher les retrouvailles.

— Seriez-vous prêt à m'accompagner à la maison ? demanda Mariette, en fin de repas. Je préférerais que nous soyons seuls pour accueillir celui qui me manque tant.

— Volontiers, fit le jeune homme. Je pense aussi que cet endroit n'est pas le plus approprié.

Ils prirent rapidement congé des employés dont certains quittaient peu à peu la table pour gagner leur poste de travail. Les jeunes gens prirent quelques ruelles étroites et ombragées et s'arrêtèrent devant une maisonnette ancienne dont la façade disparaissait sous un tableau chamarré : deux gros bouquets d'orchidées mauves soulignaient l'escalier de vieilles pierres, des rosiers grimpants partaient à l'assaut des gouttières, en compagnie d'un chèvrefeuille au parfum enivrant, et des bouquets de petites fleurs se hissaient sur la pointe de leurs tiges, dans des pots de terre et une légion de vieilles bassines en métal. À l'intérieur de la demeure, la fraîcheur et le jour tamisé faisaient bon ménage, assoupis et immobiles dans le silence de meubles peints aux couleurs alternant le blanc, le vif et le pastel.

— Excusez-moi, mais j'étais si émue que j'en ai oublié de vous demander comment vous vous appelez ! Vous savez, c'est si bouleversant, ce qu'il se passe ! Hier soir, mon oncle qui me téléphone pour me dire qu'il veut me voir tout de suite, sans me donner plus de détails…

— Amilcar. Drôle de prénom, n'est-ce pas ?

— Je n'ai retenu que votre nom, celui d'un génie du violon. C'est mon oncle qui me l'a dit.

Le jeune homme plongea une main dans sa veste d'été.

— Vous l'avez ? Il est là ? demanda Mariette trépignant d'impatience.

— Je vous présente Tom ! Je vous le rends ! fit Amilcar en présentant sa main gauche ouverte dans laquelle la demoiselle prit son index qui sautait de joie. Elle le posa contre sa joue, puis le porta à ses lèvres pour l'embrasser, le regarda longuement. Tom était aux anges, impressionné et attendri à la fois. Elle lui parlait comme à un enfant, maintenant, pendant que ses yeux s'embuaient et qu'elle se retenait de pleurer. Pudiquement, le jeune homme s'était retourné, lui-même au comble de l'émotion.

— Merci ! Merci, Amilcar ! Vous ne pouvez pas savoir la joie que vous me faites ! Jamais je n'aurais pensé retrouver mon doigt.

Elle se pencha vers son bienfaiteur qu'elle gratifia d'un baiser appuyé sur les deux joues.

Le jeune homme en rougit de confusion. Et Tom, qui mourait de chaud, si fortement serré dans les mains de sa Mariette qu'il en oubliait de chercher sa place !

L'après-midi se prolongea en propos variés autour de cafés, de thés, de boissons fraîches et de petits gâteaux faits maison. En quelques heures, nos deux amis avaient déjà bien déroulé le cours de leurs vies respectives, éveillant des curiosités à travers des parcours fort différents. L'index se délectait de ce doux moment de découverte et de rencontre, trop heureux que ces deux-là semblent s'entendre à merveille, comme s'ils se connaissaient de longue date. La soirée s'annonçant, Mariette radieuse, invita Amilcar à partager son dîner. Ils se rendraient dans un restaurant tout proche, « Le truffier », où le succulent champignon noir décliné sous toutes ses formes assurait un souvenir gastronomique inoubliable.

— Vos nuits n'ont pas forcément été confortables, fit la jeune femme. Une chambre à l'étage vous attend, si vous acceptez. Je la réserve à mes amis.

— J'accepte volontiers, car je suis un peu fatigué : la route, l'émotion... Je voudrais vous remercier pour votre accueil chaleureux et ces bons moments que nous venons de passer ensemble. Ce n'est pas si souvent que j'ai l'occasion d'en vivre de semblables, car je n'ai guère d'amis.

— Mes remerciements, eux, ne suffiront jamais pour ce que vous avez fait, murmura la jeune femme qui avait posé sa main gauche tout près de Tom.

Chapitre 15
Le retour

Malgré l'invitation de la jeune femme à prolonger son séjour, Amilcar se résolut à rentrer à la maison. Décision difficile à prendre, car s'il éprouvait deux plaisirs, celui d'avoir rendu Tom à sa propriétaire et celui d'avoir découvert la charmante Mariette, il ne souhaitait pas rester davantage près de cet index étonnant devenu son ami. Il fallait bien que cette histoire trouvât une fin ; et rester en cet endroit pourtant charmant lui rendait la séparation plus pénible. Le doigt, c'est sûr, allait vite reprendre sa place et renouer une relation qui n'aurait jamais dû cesser. De plus, il se sentirait rapidement utile, à reprendre progressivement ses fonctions.

En parlant de fonction, justement, Mariette avait raconté dans quelles circonstances son doigt était parti et ce qu'elle avait enduré à la suite de cette perte. Elle avait parlé de membre absent, que l'on sent toujours proche, que l'on cherche partout et qui n'est plus là pour une foule de petites choses. Elle avait consulté un psychologue pour un soutien et conseillé à ses amis qui en auraient été tentés, de ne pas la plaindre ni de se répandre en lamentations. Pensez donc ! Quand on ne peut pas avoir un doigt sous la main… Bien sûr, il restait l'autre index. Mais elle disait s'être rendu compte qu'elle n'entretenait pas forcément le même genre de relations avec tous ses doigts. Curieux, mais possible ! Amilcar s'était promis de vérifier si, pour lui au moins, ce propos pouvait se vérifier. À la suite de l'accident, le patron avait encouragé sa nièce à reprendre une activité dans la petite entreprise. Elle avait accepté aussitôt, car elle ne tenait pas à tourner en rond ni à déprimer chez elle. C'est ainsi qu'elle devint responsable commerciale et reprit une activité à mi-temps lui offrant le loisir de s'adonner à l'aquarelle. Amilcar en avait vu dans son grand salon, qu'il avait trouvées ravissantes. L'une d'elles représentait deux enfants inondés de soleil jouant, les pieds dans l'eau, au bord d'une rivière. « Comme c'est paisible ! avait murmuré le jeune homme ». Tard dans la nuit, dans le silence de la maison, Mariette avait discrètement décroché, puis emballé le tableau qu'elle offrit au petit déjeuner à son nouvel ami, malgré ses protestations.

— Au lendemain de mon accident, j'ai décidé de me mettre à la peinture et au dessin. Je voulais me prouver que, handicapée de la main gauche, j'allais solliciter la droite. J'ai passé beaucoup de temps à peindre et j'y ai mis tout mon cœur et toute ma volonté. La scène est un peu gauche et naïve, mais c'est tout moi. Hier, j'ai vu que vous regardiez ce tableau avec tant de désir. Alors, cela me ferait tant de bien de savoir qu'il repartira avec vous. Vous ne savez peut-être pas à quel point vous venez d'embellir ma vie et aucun geste de ma part ne suffira à vous exprimer ma reconnaissance, Amilcar.

Au comble de l'émotion, le jeune homme murmura :

— Merci. Ces enfants au soleil seront sans doute mon plus cher souvenir.

— C'est ainsi que j'ai appelé ma toile : *Enfants au soleil,* précisa Mariette.

***

Le patron de la conserverie avait invité Amilcar à passer avant son départ. Il fut donc surpris de le voir arriver le lendemain matin, peu avant midi.

— Cher monsieur, vous nous quittez déjà ? Je suis sûr que ma nièce vous a invité à rester ici quelques jours pour profiter de cette douce région où il fait si bon vivre.

Le jeune homme ne s'étendit pas sur les raisons de son choix, qu'il expliqua cependant par la brièveté du congé obtenu à cette période de l'année où l'entreprise dans laquelle il travaillait tournait à plein régime. On avait donc besoin de lui.

— Je comprends bien. Ici, nous sommes logés à la même enseigne, si je puis dire. Je ne vous cache pas que ma nièce est heureuse d'avoir retrouvé son doigt, vous l'aurez constaté. Personnellement, je tenais à vous remercier pour ce que vous avez fait, car je pense que c'est exceptionnel de gentillesse et de courage. Avez-vous un peu de place dans le coffre de votre petite voiture ?

Sans laisser le temps à Amilcar de répondre, le patron se leva et le convia à emporter trois cartons empilés sur un diable. Il avait jugé préférable de ne pas offrir de boîtes de cassoulet.

— C'est un cadeau modeste, mais si vous aimez le vin, je pense que vous apprécierez ce présent. Je vous ai choisi un assortiment de nos magnifiques crus du Sud-ouest. Et si vous les trouvez bons, je vous invite à venir vous ravitailler ici même.

Amilcar remercia vivement le patron et emporta les cartons dans le coffre de son véhicule.

— Vous serez toujours ici le bienvenu. Et, dès que l'envie vous en prendra et que vous aurez du temps de libre, n'hésitez pas à nous contacter. Il y aura toujours une place pour vous. Et si vous restez trop longtemps sans nous donner de vos nouvelles, nous saurons en prendre, et particulièrement qui vous savez !
— Merci. Vous m'avez vraiment gâté ! Il va donc falloir que je me mette à boire ! s'exclama le garçon en riant aux éclats.

Les deux hommes se séparèrent sur une

vigoureuse poignée de main.

Après un déjeuner en compagnie de Mariette, Amilcar s'installa au volant, non sans avoir pris la précaution de caler le tableau à l'arrière de sa voiture. Un émouvant au revoir entre Tom et son bienfaiteur, un « *bon, ben voilà ! Tout est bien qui finit bien. On ne peut pas se serrer la main, mais le cœur y est* », une bise pleine de retenue, chaleureuse, que se font les jeunes gens, un dernier sourire ému sur le pas de la porte. L'aventure s'arrêtait soudain.

Songeur, bouleversé, Amilcar s'évertua à ne penser qu'à la route. Il n'avait pas l'intention de faire le chemin d'une traite et de rentrer en pleine nuit. Par moments, des images fortes d'un séjour trop court, mais qu'il n'avait pas voulu prolonger défilaient, qui l'empêchaient de se concentrer et de rouler avec régularité. À quelques reprises, il avait même dû se ressaisir, sans se mettre en danger toutefois. Et comme le cheval son picotin, sa petite Japonaise lui réclamerait bientôt sa ration de carburant.

Le lendemain, en fin d'après-midi, Amilcar retrouva ses pénates. Habité par l'étrange impression de débarquer d'une planète lointaine, il mit beaucoup de temps à ranger son matériel et tourna en rond, comme hagard, dans son petit appartement. Après de nombreuses hésitations, il décida que le tableau de Mariette aurait toute sa place dans sa chambre, accroché au mur faisant face à son lit. Ainsi, il pourrait le voir chaque soir, quand il lèverait les yeux, au détour d'une page de livre, et le matin au réveil.

Chapitre 16
Retour au quotidien.

S'il y en a un qui fut étonné, le jeudi matin, c'est bien le patron d'Amilcar, quand il vit son employé entrer dans l'entrepôt, à huit heures pile !

— Ben, Paganini ! vous n'êtes pas parti dans le Sud-ouest !

— Si, monsieur ! j'en suis même revenu !

— Comment ça, revenu ?

— Si vous voulez, d'abord, je suis parti, et comme j'étais parti, je ne pouvais que revenir ! Oh ! Pardonnez-moi ! Je vous manque de respect !

— Mais pas du tout, mon vieux ! Pardon, j'exagère, moi aussi ! Mais... dois-je comprendre qu'à cette heure-ci, vous venez travailler ? Il vous restait quelques jours à prendre, si je ne m'abuse.

— C'est exactement ça, je reviens tra-

vailler. Enfin, si vous n'y voyez pas d'incon-
vénient.

— Aucun problème ; il y a bien assez à
faire pour votre remplaçant et vous-même, en
cette période. Je suis trop content que vous
soyez de retour, enfin, pour l'entreprise ! Mais
dites-moi : je vous trouve bien gai, enjoué tout à
coup. Vous ne ressemblez pas au magasinier ré-
servé que nous connaissons. Que s'est-il passé,
sans indiscrétion ?

Le jeune homme ne pouvait trop en dire,
au risque de dévoiler l'incroyable aventure qu'il
venait de vivre. Aussi opta-t-il pour une version
à peine mensongère.

— J'ai visité une région magnifique, mais,
trop casanier, j'ai vite eu le mal du pays. Alors,
comme j'avais rempli ma valise de paysages et
que je ne voulais pas en abuser, j'ai préféré plier
bagage. Et me voilà !

— Votre repaire vous attend ! Bonne
journée, Paganini !

Et Paganini se mit gaiement au travail. Il
se surprit même à chantonner et sourire au
cours de ses nombreux déplacements dans l'im-

mense hangar où, parfois, une image de son séjour dans le Sud-Ouest surgissait un détour d'une allée, dissimulée derrière une bielle ou un amortisseur.

***

Si la première soirée, au retour du travail, le conduisit rapidement dans son lit où le sommeil le terrassa, il n'en fut pas de même des autres qu'il occupa à des lectures d'ouvrages touristiques et à l'observation de cartes. Il éprouvait soudain de la curiosité pour les régions qu'il avait traversées, et plus particulièrement celles où il avait à peine séjourné. Il observait tout en détail : parcours, villes et villages, particularités géographiques, historiques, endroits remarquables à visiter… D'autres soirs parfois, il s'asseyait dans son canapé et, les yeux fermés, écoutait longuement le seul disque de la *Deutsche Grammophon* en sa possession pour s'imprégner des mélodies du merveilleux violoniste qui portait le même nom que lui et qu'il n'aurait jamais connu, sans l'arrivée de Tom.

Août s'écoulait, chaud et tranquille. Le temps était au beau fixe, invariablement ; et le jeune homme en profitait pour faire une promenade quotidienne avant le repas du soir.

Chemin faisant, il laissait son esprit divaguer et se disait qu'il se trouvait bien seul. Jamais il n'avait eu cette impression avant l'épisode qui venait de bouleverser sa vie.

Le samedi, il avait coutume de se rendre à sa boîte aux lettres après le petit déjeuner. Ce jour-là, il y découvrit une enveloppe jaune paille. Étonnement. Hormis quelques courriers d'ordre administratif, il ne recevait jamais rien. Il ne se connaissait pas de famille ou d'amis susceptibles de prendre la plume. L'écriture de l'adresse était irrégulière, saccadée, un rien maladroite. Il entra chez lui, ouvrit nerveusement l'enveloppe à l'aide d'un couteau pointu et en tira une lettre dont il parcourut les premières lignes. Son cœur se mit à battre plus fort :

« *Cher Amilcar,*

J'espère que vous êtes rentré sans encombre. Vous avez sans doute repris le travail et vous êtes donc bien occupé. Mon oncle m'a dit qu'il vous avait donné quelques bonnes bouteilles. Tom me parle chaque jour de votre amitié, des moments inoubliables qu'il a vécus à vos côtés, et je ne me lasse pas de l'écouter. Il m'a dit que vous avez parlé de bague, sans doute pour que vous sachiez s'il en a porté une. Il est en très grande forme depuis qu'il a

116

retrouvé toute sa place dans ma main. *Il peut déjà tenir le stylo avec ses deux voisins pour écrire, comme vous le voyez : il a très, très envie de vous revoir ! Vous lui ferez ce plaisir d'une visite ? Il attend de vos nouvelles. Quand vous voudrez, quand vous pourrez, bien sûr.*

Votre amie du Sud-ouest.

Mariette. »

En en-tête figuraient l'adresse postale et un numéro de téléphone. Amilcar remit le disque de Paganini et l'écouta une nouvelle fois, en fermant les yeux.

Éditions BoD – Books on Demand

12/14 rond-point des Champs-Élysées, 75008 Paris

Impression : BoD – Books on Demand, Norderstedt, Allemagne

ISBN : 9782322179688

Dépôt légal : 2021